公務員で安泰のはずが、事故物件担当に異動します

藤崎 都

富士見L文庫

CONTENTS

一章　まつとし聞かば

1

「……それは大変ですね」

終わりの見えない相談に、青柳偲《あおやぎしのぶ》は棒読みで相槌《あいづち》を打った。

区役所職員の仕事の多くは、クレーム対応だ。同じ内容を何度繰り返されても、「さっき聞きました」などと言うわけにはいかない。

この高齢の男性は、かれこれ隣家への不満を小一時間ほど並べている。

「もっと真面目に聞いたらどうなんだ？」

「すみません」

元々明るめの髪色と三白眼気味の目のせいで、不真面目そうに見られることは珍しくない。感情の籠もりにくい声音も印象を悪くしているのだろうか。

「だからさ、もういつ崩れるかって毎日気が気じゃないんだよ。彼が生きてた頃は庭木も見事だったんだが、息子が継いでからは見にも来やしない。手入れどころか掃除にも来ないから落ち葉はうちに溜《た》まるし、嵐の日は剝がれた木材まで飛んでくる。いつ怪我《けが》するかって冷や冷やしながら生活してるんだからな」

「心中お察しします」

偲はR区役所に勤めてこの春で三年目という、新人に毛が生えてきた程度の区役所職員だ。

不本意ながら、この春の異動で環境部生活環境保全課・課題住宅係に配属になってしまった。願わくば一日も早く異動したいけれど、いまはここで頑張るしかない。

〝課題住宅〟というのは、手つかずの空き家やゴミ屋敷《やしき》、事故物件と呼ばれる類いのもののことだ。

上のほうにいる偉い人たちが、頭を捻《ひね》って差し障りのない言葉に言い換えたのだが、結局のところ裏では〝事故物件係〟と呼ばれている。

人が住まなくなると、不思議と家はあっという間に荒れる。そして、よからぬものを寄せつけ、そういった荒れた家が増えると近隣の治安も悪くなる。

その悪循環は、行政としては放っておくことのできない問題だ。

〝事故物件係〟の主な仕事は土地建物の寄贈の相談に対応したり、人が住まなくなって荒れてきた家の持ち主に連絡を取り、対応をお願いすることなのだがそれが難しい。

持ち主に連絡がつかないのは当然のこと、せっかく見つかっても話すら聞いてもらえないこともある。それでも根気よく対応していくのが、俺たちの業務だ。

「ほら、どこだったか、空き家によからぬ輩《やから》が入り込んで生活してたってこともあっただろう？　誰も住んでないはずなのに物音がするんだよ」

家鳴りの可能性もあるが、誰かが入り込んでいるとしたら、むしろ対応しやすい。不法侵入ということで、警察の事案になるからだ。

「でしたら、警察を――」

「とっくに通報したに決まってるだろ！　俺がそんな世間知らずに見えるのか⁉」

「い、いえ……」

嫌な記憶に触れてしまったらしい。激高する相談者に気圧《けお》される。

「不法侵入の形跡はないいし、誰も住んでないいんだから対応できないんだとさ。警察ならおたくのほうから手を回せるんじゃないのか？　区のほうで更地にするとかさ。とにかくどうにかしてくれよ」

「かしこまりました。こちらでそのお宅の方と連絡を取ってみますので、この書類に記入をお願いします」

威圧されながらも、話を切り上げるタイミングはここしかないとばかりに、用意しておいた書類を滑らせた。記入さえしてもらえば、一先《ひとま》ず切り上げることができる。

「だから！　連絡を取るだけじゃダメなんだよ！　今日、見に来いって言ってるんだ！　おたくらはわかりましたと言うだけでちっとも仕事をしないじゃないか！」

怒声に鼓膜がビリビリと震える。

「も、申し訳ございません。こちらにも手続きがございまして、これからすぐに伺うというのは難しいんです。皆様に順番にお待ちいただいている状況でして……」

不安に思う気持ちはよくわかる。だが、こちらの人手も経費も足りていない状態だ。

「だから、緊急だって言ってるだろ！　そんな順番なんかに拘《こだわ》ってる場合か!?」

「……ッ」

拳で机をドンと叩《たた》かれ、反射的に体を竦《すく》めた。

相談者はすっかり頭に血が上ってしまっている。こうなるともう偲の手には負えない。

相手が満足するまで怒声を浴び続ける他ない。

（……この人もだ）

感情のままに怒鳴り散らす彼の周りに黒い靄《もや》が見える。ギスギスとした悪感情を募らせている人は、頭の周りがああやって濁っていることが多い。

黒い靄のせいで感情が制御しにくくなるのか、それとも不安や苛立《いらだ》ちがあれらを集めるのか――。

この現象は偲以外の人間には見えないため、因果関係を検証するのは難しい。

幼い頃から偲には、この世ならざるものが感じられる。

これは俗に言う〈霊感〉というものなのだろう。

それらはいわゆる幽霊のような存在や、人の姿をしていない異形のものだ。昔は妖怪と呼ばれていた者たちかもしれない。

小さい頃はただ見えるだけだった。だけど、いつしか〝見える〟と気づいた彼らが寄ってくるようになった。

彼らは生きている人間には直接触れることはできないらしい。だが、精神に影響を及ぼすことはできる。

悲しくなったり、苛立ちが沸いてきたりとネガティヴな方向へと引っ張られるのだ。

彼らは偲に何かを訴えてくるけれど、何が言いたいのかまではわからない。向こうもそれがもどかしいのか、強引な手段に出てこようとする。

幽霊は元は人間だったわけで、人の性質は生きていても死んでいても、然程《さほど》変わりはないのかもしれない。

さっきの男性に纏《まと》わりついていた黒い靄は、そういったものの残滓《ざんし》なのだと思う。偲の寄せやすい体質が、彼らに影響を受けた人間も引き寄せてしまう面がある。

（クレーマーに当たりやすいというより、俺がそうさせてるのかもな）

この体質のせいで、幼少期はあまりいい思い出がない。驚かされたり、執拗《しつよう》につき纏《まと》われたりしているうちにビクビクしがちな性格になってしまった。

変なやつがいるのだと訴えた両親には気味悪がられたし、正直に話した同級生にも妄想が激しい変人だと揶揄《からか》われた。

これまでに偲の訴えをまともに聞いてくれたのは祖父母だけだったが、祖母は五年前、祖父も三年前に亡くなった。

処世術を覚えてからは、できるだけ〝彼ら〟と関わり合いにならないよう気をつけて過ごし、真実を口にすることもやめた。

偲にできるのは、身を潜めて見てみぬふりをすることだけ。

「おい！　何じろじろ見てるんだ？」

「す、すみません」

ぼんやり観察していたことに気づかれてしまった。男性自身を見ていたわけではないけれど、本当のことを言うわけにもいかない。

「あーあ、お前じゃ話になんねえな。他のやつ呼んでこいよ」

「あの、でも」

「お前じゃ話にならないって言ってんだよ！　この役立たず！」

「……！」

役立たず——突き刺さるような言葉に息が止まる。

彼は不安を偲にぶつけているだけだとわかっている。だが、上手《うま》く反応することができなかった。混乱していた偲に、救いの手が差し伸べられた。

「青柳くん、そろそろ時間だよ。今日の午後は外回りでしょ？」

「白石《しらいし》さん」

頼りになる上司の柔和な表情にほっとする。白石は勤続十年の先輩で課題住宅係の係長だ。

仕事ぶりは有能の一言に尽きる。彼女が応対すると、どんなに熱《いき》り立った相談者でも落ち着きを取り戻す。その話術はまるで魔法のようで、いつ見ても感動してしまう。

身長は百五十センチほどの小柄ながら、包み込むような包容力がある。彼女の周りに黒い靄が見えていたことは記憶になく、いつもうっすら明るい。

(俺とは正反対の人だよな)

鏡に映る自分は目の下に隈《くま》を作り、いつも疲れた顔をしている。あの靄は靴の裏にへばりついた泥のように偲の足取りを重たくし、肩にのしかかっては気鬱を誘う。

「何こそこそやってんだ!」

苛立った声が上がる。

「申し訳ありません。引き継ぎをしていました。重大な案件のようなので、責任者の私がお話をお伺いしますね」

白石は目配せをし、偲に早く行くよう促してくれた。

時計を見ると、予定の時間を大幅に過ぎていた。とっくに昼休みを迎えていたらしく、周りは閑散としていた。

どうやら白石は昼休みを早めに切り上げ、偲のヘルプに来てくれたようだ。

(しまった、今日は件数が多いのに)

のんびりしている暇はない。白石の顔を見ると、目配せをされる。申し訳ないが、あとは任せよう。

「すみません、よろしくお願いします」

頭を下げ、そそくさと自分の席へと戻る。午後の仕事は、リストアップした『課題住宅』の調査だ。

今日の午後は何件か相談を受けた区内の住宅を現地確認に行くことになっている。現地確認はまず外観を目視で確認し、危険性をチェックしていく。その後、緊急を要する順に整理し、改めて個別に対応していくのだ。

「緑川《みどりかわ》さん。俺、外に昼食べに行くんで、一件目で落ち合うってことでいいですか？」

一緒に現場へ行くことになっている同僚に声をかける。二年先輩の緑川大至《たいし》だ。弁当を自分の席で食べていた彼は、眼鏡を押し上げながらバツが悪そうな顔で言ってきた。

「あ、そのことなんだけど、今日は青柳にお願いしちゃっていいかな？」

「……また俺一人で行けってことですか？」

偲はうんざりと返す。

「ごめんごめん、今日までの報告書ができてなくてさ。このとおり、頼むよ！」

拝まれても困る。緑川は書類仕事が終わっていないため、午後の現場回りは偲一人で済ませろと言っているのだ。

「現場は原則二人で行くように言われてますよね？」

「そうだけど、それは屋内の確認があるときのための決まりだろ？　今日は外からの下見だけだから青柳だけで大丈夫だって。白石さんにも許可取ったからさ」

「…………」

案件が溜《た》まっている場合、手分けして回ることも許されている。何故《なぜ》なら、役所は常に人手不足だからだ。

「食堂のB定食券でどうだ？」

「……A定食ならいいですよ」

やむなく譲歩の条件を口にする。どうせ引き受けることになるのなら、品数が一品多いほうがいい。

「よし、取り引き成立だな」

緑川は現場が嫌いで、何かと理由をつけて自分の席から離れようとしない。椅子と体が一体化しているのではと思うほどだ。そのため、偲一人で現場周りをすることも少なくない。

だが、そのことに大した不満はない。人と一緒に動くのは苦手だからだ。できることなら、空気を読んで人を気遣うなんて無駄なことに神経を使いたくない。

(まあ、一人のほうが楽だし)

そもそも、公務員になったのは安定した収入を得るためだ。大儲《おおもう》けはできないけれど、手堅く稼ぐことができる。

貧乏くじを引きがちな人生ではあるけれど、対価があればそれも構わない。働くことは嫌いではないし、金銭を得るにはそれなりの労働をこなすのは人としての義務。

だが、見返りのない過ぎたる厚意は余計なものを呼び寄せることがある。波風の立たない平穏な生活こそ、偲の求めるものだ。

「……それじゃ、行ってきます」

環境部と刺繍《ししゅう》の入った作業服を羽織り、確認書類の入ったファイルを手に取った。

「うん、今日は気をつけて」

のんびりとひらひらと手を振って見送る緑川を横目に、偲はため息をつきながら区役所をあとにした。

2

課題住宅係――通称〝事故物件係〟は三人の職員で構成されている。係長の白石に、ヒラの緑川と偲という構成だ。

少数精鋭と言えば通りはいいが、完全に人手不足の煽《あお》りを食らっている。

五年前にできた新設で、期間限定のお試しだったが今年から正式な部署になったという経緯がある。それだけ、空き家問題が深刻化しているということだ。

（だったら、もっと人増やしてくれたらいいのに……）

足りないのは人員だけではない。予算も潤沢にあるわけではないので、自分たちでゴミ屋敷《やしき》の片づけをすることもある。

あまりに酷《ひど》い現場の場合、専門の業者に依頼するのだが、余程のことでもない限り上からの許可は下りないからだ。

「最後はここか――うっ」

門扉の前に立った瞬間、常に偲に纏わりついている黒い靄がさらに重苦しくなった。

今日はここで四軒目の確認だが、さっき見てきた三軒とは明らかに雰囲気が違う。こうして立っているだけで、背筋がざわつく。

「何かヤバそうだな……」

庭木や雑草の生い茂る木造の家を見上げながら、偲はうんざりと呟《つぶや》いた。

その家を囲むようにマンションが聳《そび》え立ち、敷地《しきち》全体に影を落としているせいで不穏な雰囲気を醸し出している。

（これだから嫌なんだ）

〝彼ら〟との遭遇率の高い古家は可能な限り近づきたくない場所の一つでもあるのに、空き家を見て回る仕事をすることになるなんて皮肉なものだ。

違う部署にしてもらえないかと必死に上へ訴えたけれど、働き始めて三年目の若造の希望が通るはずもなく、毎回、何も出ませんようにと祈りながら現場に足を運んでいる。

「……っ」

視界の端に、何かが過《よぎ》った気がした。反射的にそちらに目を向けたけれど、枯れて萎《しお》れた植木鉢が並んでいるだけだった。

（きっと、野良猫か何かだ）

斜め後ろの電信柱の影にも何らかの気配を感じるが、それだって気のせいだ。背後から擦り寄るように体を寄せてくる冷ややかな感触も北風が錯覚させているのだろう。

(何も見えないし、何も聞こえない)

いつものように自分に言い聞かせ、嫌な予感から目を逸《そ》らす。見えていることに気づかれれば、こちらに寄ってきてしまう。

そもそも、今日の仕事は家屋や敷地の状況を確認し、報告書を書くだけだ。家の中にまで入る必要はない。手早く見て回り、帰ろう。

「何もいませんように」

偲はそう切実に祈りながら、預かってきた門扉の鍵を握りしめた。


この家は、区に寄贈の申し出のあった物件だ。

現在の家主である西本《にしもと》という男性が、一年ほど前に亡くなった父親から相続した実家だと聞いている。

元々は祖父母が建てた家らしく、西本は生まれてから大学を卒業するまで住んでいたそうだ。早くに母親が亡くなり、その後は父親が一人で暮らしていたらしい。

父親が他界してからは、ほぼ手つかずで貴重品を持ち出しただけだと聞いている。一年以上誰も住んでいなかったわりに、佇《たたず》まいはあまり寂れてはいない。手入れのされていない庭木は生い茂っているけれど、家自体はまだまだしっかりとしている。

以前は家や土地の寄贈を受けることに区は慎重だったらしい。利便性の高い場所ならともかく、周囲との柵があると利用も容易ではないからだ。

しかし、持ち主がわからない状況になり、荒れ果ててから対応するよりはマシだと方針を変えて、手に負えなくなった物件の寄贈も積極的に受けるようになったという。

寄贈を受けた土地建物は調査の上、活用方法を探る。建物が使えそうならば、清掃し修繕、それができない場合は解体した上で更地にする。

「いい場所に立ってるのにな」

マンションに囲まれた細長い立地からすると、買い取りの話もあったはずだ。

建て替えには難儀しそうだが、駅からもそう遠くはない。悪い値がつくことはないのではと思うのだが、寄贈を考えるということはやはり何か事情があるのだろう。

鬱蒼《うっそう》とした庭の奥には果樹が植えられ、壊れかけたプランターがいくつもある。きっと、植物が好きな人が住んでいたのだろう。

経験上、生活の名残がある建物のほうが〝出る〟。住んでいた人の未練のせいなのか、思いが溜《た》まりやすいからなのか――。

(いや、余計なことを考えるのはやめよう)

こういった想像も、望まぬものを呼び寄せることもある。偲は覚悟を決め、預かった鍵を門扉の鍵穴に差し込んだ。

「……あれ、開いてる?」

回してみたところ、ガチッと鍵の閉まる音がした。鍵はかかっていると聞いていたけれど、前回来たときに閉め忘れたのかもしれない。

鍵を開け直し、門扉を開けるとギィイと金属の擦れる嫌な音がした。

敷地には飛び石があるため玄関までのルートはどうにか確保されているが、草木が生い茂っているため庭に回るのは難しいかもしれない。

「……っ」

一歩足を踏み入れた瞬間、爪先から頭の天辺《てっぺん》にぞくぞくっと悪寒が走り抜けた。

――出ていけ……!

「……！」

突然、キィン、という耳鳴りとともに頭の中に嗄《か》れた声が響いた。と同時に、ぶわっと逆毛が立つ。

それほど驚きがなかったのは、ある程度予想していたからだ。予想していたからといって、平気なわけではない。

（今日のはヤバい）

経験則と本能がアラートを鳴らしているけれど、すでに体が動かなくなっていた。嫌な予感はしていたけれど、これほどとは。

喉の奥に何か閊《つか》えているような胸苦しさとじっとりと浮かんでくる脂汗、全方位への警戒心と焦燥感、そして恐怖による全身の強張《こわば》り。

頭の中に混線したラジオの音声が飛び込んできたかような騒がしさを覚え、振り払おうと頭を振った。

不安、憎悪、煩悶《はんもん》――流れ込んでくる感情の重さとそれに抗《あらが》おうとする何かが自分の中で暴れ回り、偲は堪《こら》えきれない吐き気にガクリと膝を突いた。

「……くそっ」

これは間違いなく霊障だ。だから、この仕事は嫌なのだ。

早く敷地から出なければ。足に力を入れるが、金縛りにあったようで手足が自由に動かせず踏ん張りきれない。

足元から、ざわざわと虫が這《は》い上がってくるような不快感。

区に寄贈を申し出た理由がよくわかった。敷地に足を踏み入れるだけでこれでは、売るに売れないだろう。一日も早く手放したいと思って当然だ。

出ていけ、入ってくるな、と脳内で怒声が溢《あふ》れている。

脳裏に響く罵声は以前に住んでいたという、持ち主の父親のものだろうか。出ていけと言うのなら、その邪魔をしないでもらいたいのだが――。

「おい、大丈夫か？」

「!?」

脳に甘く染み込むような渋い美声とともに、ポン、と肩に触れられた瞬間、偲を覆い尽くしていた不快感がぱっと霧散した。

不可解な清々《すがすが》しささえ感じる。こんなにすっきりとした気分になるのは生まれて初めてかもしれない。

（何で？？？）

辺りに満ちていた重苦しい空気も幻だったかのようで、偲は嘘《うそ》みたいに晴れやかな気分とは裏腹に深い困惑を覚えた。

戸惑いながら顔を上げた偲の目に入ったのは、黒い革のジャケットを身に着けた男だった。逞《たくま》しい体つきが安心感を誘う。

「だいぶ食らってるな」

男は思案顔で偲の顎を持ち上げ、しげしげと見分する。

(なっ……!?)

不躾《ぶしつけ》な扱いにムッとするが、いまは声も出ない。

「安心しろ。俺がついてる」

ムカついているというのに、鼓膜が痺《しび》れるような甘い声音に夢心地になりかけた。

「ほら、立てるか？」

「……っ」

さっきよりも楽になったとは言え、まだ足腰に力が入らない。どこかに掴《つか》まるところがあればいいのだが。

「仕方ねぇな」

「ひえっ」

次の瞬間、鍛え上げられた上腕二頭筋に、偲は軽々と抱き上げられていた。

3

「ありがとうございました……」

絞り出すようにして、どうにか礼を告げる。扱い方については言いたいこともあったが、助けてもらったのは紛れもない事実だ。

男に抱き上げられた偲は、お姫さまよろしく近くのコインパーキングの入り口まで運ばれた。平日の昼間という時間だからか、駐車しているのは一台だけだ。

「いいから、ここ座っとけ」

そっと地面に下ろされた偲は言われるがままに、近くの車止めに腰を下ろした。

このコインパーキングは、道路を挟んで西本家が斜め右に見える位置にある。マンションの谷間の狭小地を利用しているようだ。

「貧血を起こしてるみたいだな。ちゃんと昼飯は食ったか?」

「あ、いえ今日はまだ……」

昼食を摂《と》る時間も勿体《もったい》なく、職場からまっすぐこの現場に来てしまった。

「食事は基本だろうが。何か飲むもんを持ってくるからちょっと待ってろ」

男は自分の羽織っていたジャケットを偲に羽織らせ、パーキングに停《と》まっている作業車のような白のワゴン車へと向かった。

(何なんだ、この状況……)

まだ少し目眩《めまい》は残っているけれど、大したことはない。

霊障によるダメージより、突然現れた細マッチョの男前にお姫さま抱っこをされて運ばれた衝撃のほうが勝っていた。

一緒に毒気まで抜かれたせいで大人しく座っているけれど、そもそも彼は何者なのか。

可能性が高いのは、あの家の持ち主——西本の関係者だ。門扉の鍵が開いていたということは合鍵を持っているのだろうし、少なくとも空き巣の類いではないだろう。

(もしも泥棒だったら、俺のことなんて放っていっただろうし……)

抱き上げられてわかったが、くたびれた革のジャケットの下には鍛え上げられた肉体が隠れているようだ。改めて見てみると、胸元は立派な胸筋ではち切れんばかりだった。

髪は無造作に伸びているけれど、顔立ちは端整だ。きりりとした眉に奥二重の切れ長の目、鼻筋は通り、顎のラインはシャープで唇もほどよい厚さだ。

背は百八十センチほどだろうか。上腕や太股《ふともも》もがっちりとしていて、腰の位置が高く、脚はすらりと長い。

四十歳前後だろうか。不思議なオーラがあり、まるでアジア系のアクションスターのような佇《たたず》まいだ。イケメンというと表現としては軽すぎるかもしれない。

とくに印象的なのは〝声〟だ。低く深みのある響きで、どこか甘い。ぶっきらぼうな口調も魅力的だ。あんな声で愛を囁《ささや》かれたら、誰だってイチコロではないだろうか。

（……って何を考えてるんだ俺は！）

初対面の男性を相手に変な思考が浮かんだ自分に動揺する。同性でも、見たことがないくらい魅力的な人物には否応《いやおう》なく魅了されてしまうのかもしれない。

「あ？　くそ、どこ行った？」

男は目的のものがなかなか見つからないらしく、パーキングに停めてあった白いワゴン車の後部座席を引っくり返している。

大きく開け放たれた後部座席のドアの向こうに、物が雑然と積み上がっているのが見えた。

何らかの機材にシャベルやバールなどの工具、書類など様々なものが雑然と押し込まれている。どうやら整理整頓が苦手なタイプのようだ。

（それにしても、さっきのは何だったんだろう……）

彼に触れられた瞬間、不快感も圧力も何もかも霧散した。

あんなことは初めてだった。霊障に摑まると大抵数日間は不調を引き摺《ず》るが、いまは気《け》怠《だる》さが残るくらいでいつものようなダメージが残っていない。

男は水筒を手に振り返り、こちらへと戻ってきた。

「おい、これ飲め。少しは楽になるはずだ」

「は、はい」

カップ代わりの水筒の蓋に注がれた琥珀《こはく》色の飲み物はほかほかと湯気を立てている。色味からして紅茶だろう。ありがたくそれを受け取ると、手の平からじんわりと温かさが伝わってきた。

見知らぬ人から口にするものを受け取るのは得意なほうではないのだが、何故《なぜ》か無警戒に受け取ってしまった。

（まあ、大丈夫だろ）

人の輪を外から眺めるような生き方をしてきた。お陰で人を見分ける嗅覚は我ながら精度が高いと自負している。一目見た瞬間に感じた印象はほぼ当たる。

強面《こわもて》の雰囲気はあるけれど、こうして助けてくれたのだから悪い人ではないはずだ。

「ちょっと甘めだけど、こういう場合、糖分補給が一番効くから」

「どうも……」

「……あっま！」

想像以上の甘さに、偲は思わず口を押さえた。この男はとんでもなく甘党らしい。偲も甘いものは嫌いではないが、いくらなんでも限度がある。

「我慢して飲め」

「…………」

ほぼガムシロップと言っても過言ではない甘さに閉口しながらも、何となく残しづらい。偲は半ば自棄《やけ》になって残りを飲み干した。

甘さの陰に隠れていたけれど、薬草のような不思議な香りが混ざっていることに気がついた。偲が飲んだことのある安いティーバッグの茶葉とは違うのかもしれない。

（あれ？）

甘ったるさに脳と舌が痺れているが、生気が戻ってきた気がする。不思議と気怠さがじんわりと抜けていくようだった。糖分がエネルギーに変わったのかもしれない。

「お前、区役所の人間だろ？　白石さんとこの新入りか？」

「え、何で……」

「そんな刺繍《ししゅう》の入った作業服着てたら誰だってわかる。名刺くらい持ってるだろ」

「あ、はい、失礼しました！」

偲は慌ててポケットを探り、名刺を差し出した。

「へえ、偲か。悪くない名前だな」

「そ、それはどうも……。あの、うちの白石をご存じなんですか？」

「まあな、何度か世話になってる」

「ええと、どういった関係の……？」

「俺はこういう者だ」

渡されたシンプルなデザインの名刺には『天堂《てんどう》不動産代表　天堂左京《さきょう》』と書かれていた。住所はなく、携帯電話の番号だけが書かれている。

「不動産屋？」

「そう。あの家の持ち主の奥さんに査定を依頼されたんだ」

「えっ、査定？」

西本は区に寄贈したいと相談に来た。表向きの寄贈の理由は地元の役に立てて欲しいとのことだったが、実際のところ売るには難があるからだろう。

（あれじゃ、普通の業者に売るのは無理だよな）

偲は霊障を受けやすい質《たち》だが、普通の人でも何らかの悪影響はあるはずだ。

よくあることだが、もしかしたら夫婦の間で意思の疎通が図れていないのかもしれない。不動産業者なら家を見に来ていても何もおかしくはない。

妻の気持ちは理解できる。この家は駅から徒歩圏内で、スーパーや病院も近くて住みやすい場所にある。

本来、この立地ならそこそこの値がつくはずだし、売れるものなら売りたいだろう。だが、それは正直難しい。

恐らく、妻はこの家の状況を知らないか、聞いていても信じていないに違いない。

「あっ、あの！　買い取りはやめておいたほうが……」

「どうしてだ？」

「それは、その……」

区で寄贈を受けても、手に余ったまま塩漬けにするしかないだろう。さっきのような状況では、清掃すらまともに入れられそうにない。

彼が買い取ってくれるなら、偲としては一番ありがたい。だけど、助けてくれた人に黙って不良物件を押しつけるのは気が引けた。

しかし、幽霊が出るから、などと言って信じてもらえるわけはない。言い訳を考えていた偲に、天堂はニヤリと口の端を持ち上げてずばり訊《き》いてきた。

「さっきみたいなことが起こるから？」

「!?」

「お前、霊障の影響を酷《ひど》く受けてたもんな。ずいぶん感度が高そうだけど、そんなんじゃ普段から辛《つら》いだろ？」

「あっ、あの、な、何の話……」

どうして自分の特異体質がバレたのだろうかと焦りが募る。このことは誰にも知られるわけにはいかない。

「見える質か？　それとも、聞こえる系？」

「え、あの、ええと……」

素直に話すべきかごまかすべきか。混乱し、考えがまとまらない。

「ああ、心配すんな。俺も似たようなものだから」

「似たような……？」

「普通のやつらが見えないものが見えたり、聞こえないはずの声が聞こえたりするってこと。あの家は出ていけ、早く立ち去れって煩《うるさ》かっただろ」

「何でそれを!?」

偲の頭の中に騒音のように響いていた言葉を言い当てられ、ぎょっとした。

「もちろん、俺にも聞こえたからだよ。ずいぶん圧が強かったな。知らずに買い取ったら、あとが困るだろうと思ったか？　わざわざ警告してくれるなんて優しいな。そんな厄介な家、他人に任せたほうが楽だろうに」

「あ、あの……」

天堂はニヒルな笑みを浮かべながら戸惑う偲の思考を次々と言い当てる。偲はただ困惑するしかなかった。

「ああ、すぐには信じられないよな。あそこの街路樹の枝の上にいるやつが見えるか？」

「ええ、まあ……え!?　危な……っ」

男の子が枝に平然と座っているけれど、そこは地面から三メートルはある。天堂は思わず助けに駆け出していこうとした偲の腕を掴《つか》んで引き留めた。

「よく見ろ」

「あ……！」

冷静になって見てみると、彼のいる場所は枝を伝って登っていけるような場所ではなかった。

違和感はそれだけではない。そこまで距離はないのに、どんなに目をこらしてみても、男の子の顔はぼやけてよく見えなかった。

あれは生きている人間ではない。そのことに気づいた瞬間、背筋がぞくっと震える。

「天堂さんにも見えるんですね……」

過去には同じ悩みを共有しているふりをして偲の告白を引き出し、正直に答えた途端、笑いながら揶揄《やゆ》してきた人もいた。

だが、天堂はそういう輩《やから》とは違うような気がする。信じてみてもいいかもしれない
「どっちかっつーと、この手のことが本業だからな。不動産業と兼業で祓《はら》い屋をやってるんだ」

「祓い屋、ですか」

マンガやドラマでしか聞いたことのない職業名を告げられ、上手《うま》く呑《の》み込めない。

(むしろ、アクションスターをやってるって言われたほうがまだ納得できる)

『祓う』というからには、人や物から悪いものを祓い落とす――いわゆる除霊が仕事だという理解でいいのだろうか。

「……あ、あの、つまり、天堂さんは霊を祓えるってことですか？」

思い切って問いかける。

「そうだ」

「すごい……！」

生まれてからずっと僕を悩ませていた問題を解決できる人に出逢《であ》えたという事実にテンションが上がる。

これまで同じような体質の仲間が欲しくて、霊感があると自称する人たちのオフ会に勇気を出して行ってみたこともある。

だが、偲と同じものが見え、同じ言葉が聞こえる人は一人もいなかった。特別な自分になりたいだけの嘘《うそ》つきばかりで、余計に孤独感が深まるだけだった。

「おいおい、そんなすぐに信用して大丈夫か？　俺が詐欺師の可能性だってあるだろ」

「天堂さんは本物だと思います」

彼の言っていることが嘘ではないと思えるのは、助けてもらったときの不思議な感覚が残っているからだ。

体を包み込む重く湿った粘土のような感触が、天堂に触れられただけで霧散した。あれは彼の力のお陰だったのだろう。

「お前、変わってるな。普通、祓い屋なんて言われたら胡散臭《うさんくさ》く思うだろ」

「さっき天堂さんに触れられた瞬間、嫌なものが全部吹っ飛んだんです。特別な力がなければ、あんなふうにならないと思います」

何の根拠もなければ、偲も詐欺師か何かだろうと怪しんだだろう。だけど、自分自身で体感したことが証明している。

「へえ、あれがわかったんだ。やっぱり、力が強いな」

「俺みたいな普通の人間にわかるくらいだから、天堂さんの力はすごいです！」

「そうじゃなくて、お前の力のことだ。どっちかってーと、こっち側の人間なんだろう」

「俺が……？」

予想外の言葉に目を瞬《しばたた》く。

「ああ。でも、全く上手く使えてない。そのせいで過剰にキツい副反応が起きてるんだろう。いまのままじゃ勿体《もったい》ない。宝の持ち腐れだ。活用できればだいぶ楽になるだろうな」

「ほ、本当ですか!?」

「仕方ねえ。今日は出血大サービスだ」

「え、な、何――」

いきなり、頬を大きな両手で包まれた。温かな手の平の感触にドキドキする。

（うわ、近い近い近い……！）

端整な顔が近づいてくる。

人とこんなにも近い距離を取ったことがないため、心臓が不規則に高鳴った。偲は唇が触れてしまいそうな距離に思わずぎゅっと目を瞑《つぶ》る。

「……!?」

唇――ではなく、おでこがこつんとぶつかった。

（うわ）

緊張する必要など何もないのに、偲の心臓は早鐘を打つ。

「力を抜け」

「あ、あの」

「いいから、俺に任せろ」

「は、はい」

天堂の甘い美声は、素直に従いたくなるような不思議な響きが混じっている。

――開け。

次の瞬間、瞑ったままの視界でバチッとハレーションが起こった。

「な、何？？？」

反射的に体を後ろに引き、さっきまで触れていた額を手で押さえる。強い電流を流し込まれたかのようだった。

全身が微《かす》かに痺《しび》れている感覚があるが、それと同時に固く閉ざしていた何かが開いたような感覚があった。

ずっと喉の奥に引っかかっていた小骨が取れたような不思議な解放感。

「忌避が強いせいで自己暗示がかかってたんだろう。無理に閉じてたことで、体に負担が出てたはずだ。目眩《めまい》や頭痛が酷くなかったか？」

「慢性的にあります」

体質だろうと諦めていたけれど、そんなところに原因があったなんて。

「チューニングしておいたから、これである程度マシになったはずだ。そのうちコントロールもできるようになるだろ」

「え、あの、コントロールって何ですか……？」

「見たいときに見えて、見たくないときは見えないようにできる。弱い霊なら念じれば追い払うことも可能だ。本当に純粋で質もいい。目もいいが、それ以上に耳がいいな。コツはそのうち掴めるだろうから、とにかく試してみるといい」

「試してって言われても……」

簡単そうに言うけれど、試す方法もわからない。困惑している傍に、天堂は思案顔になった。

「そうだな――例えばゲームをするとき、登場人物に没入して一緒になって喜怒哀楽を感じることもあれば、一歩引いて客観的に受け止めながら見ることもあるだろ？　そういうイメージで、一歩下がって線を引くことでダメージを減らせる」

「はあ……」

わかるようでよくわからない。いざ、そういう場面に出会《でくわ》したときに冷静に対処できるものだろうか。

「霊障は主に精神的損傷によるものだ。霊を追い払いたいときは腹に力を入れて、吹き飛ばすイメージを頭に思い浮かべろ。まあ、追々練習していけばいい。お前くらいの力があれば簡単なはずだ」

「れ、練習と言われても……」

天堂は簡単そうに言うけれど、練習したくらいでそんな特殊なことができるようになるとは思えなかった。

「いまやってみるか？」

「えっ、いま？」

展開の速さについていけない。戸惑いから腰が引けてしまうけれど、すぐに思い直した。

(……これはチャンスじゃないか？)

　自分で対処できるようになれば、びくびくしながら日々を過ごさずにすむ。駄目元でチャレンジしてみることにした。

「ほら、あそこに黒い影が見えるだろ」

「は、はい」

　天堂が指さしたのは、普段、偲が見ないふりでやり過ごしている黒い靄《もや》だ。植木の影に見えるけれど、日の当たり方を考えるとおかしい方向に伸びている。

「邪気が溜《た》まってるんだ。あれがデカくなると、よくないものを引き寄せる。パンくずに寄ってくる蟻《あり》みたいなもんだな。そこに集中して、イメージで強い風で吹き飛ばしてみろ」

　肩に手を置かれ、耳元でそうアドバイスされる。できるわけないと言いかけ、その言葉を呑み込む。後ろ向きなのは偲の悪い癖だ。

「……や、やってみます」

　ぐっと腹に力を込め、植木の陰でモヤモヤとしている存在を睨《にら》みつける。

(強い風の、イメージ……)

　大きく空気を吸い込み、息を止め、思い切って想像で強い風を放つ。

小さな影は衝撃波に当てられたように霧散した。小さな綿埃《わたぼこり》のようなものはまだ残っているけれど、吹けば飛んでいってしまいそうな程度だ。

「ほらな、できただろ」

「すごい……」

これなら〝彼ら〟を避けて回り道をしたり、気づかれぬように息を殺してやりすごさなくてもよくなる。

「基本、メンチの切り合いだからな。デカい態度のほうが寄せつけにくい」

「なるほど……」

生きている人間でもオドオドとしているほうが、厄介なタイプを引き寄せやすい。真剣に天堂の教えを胸に刻む。

「見るからにヤバそうなやつがいたら逃げておけ。無駄にケンカを売っても意味ねーからな。あとはまあ、追々な」

「え？」

追々というのはどういう意味だろうか。

（自然に身につくとか、そういう？）

「……っ」

しかし、彼のお陰で世界が一瞬で変わったことには驚きの一言だ。

いままでは人ならざるものたちに目をつけられないよう息を殺して過ごし、それでも接触すれば寝込むほどのダメージを受けることもあった。

自らを守る手段があるというのは、それだけで不安が薄くなった。常に気怠《けだる》かった体も、心なしか軽くなっている気がする。

「あの、天堂さんはどうして不動産屋をやってるんですか？　そんなにすごい力があるなら、祓《はら》い屋だけでも忙しそうなのに」

「祓い屋なんて結局はサービス業だからな。満足度は人それぞれだから値段のつけ方が難しくてトラブルも起きやすい。かといって明朗会計にすると信憑《しんぴょう》性が薄れるし、お気持ちでって言うのも不親切だろ」

「な、なるほど……」

ずいぶんとビジネスライクな考え方だが、金額を曖昧にされると不安になる。

祖父母の供養のときも、いくら包めばいいかわからずインターネットで相場を検索して平均的な金額にしたけれど、正解だったかはいまでもよくわからない。

「霊が執着する家っていい物件が多いんだよ。そういう物件を綺麗《きれい》にして仲介をすれば収入も安定するって気づいたってわけだ」

「つまり、他の人には手が出せない曰《いわ》くつきの家を買い取って、問題を取り除いてから売ってるってことですか？」

「そういうこと。ある意味、清掃業に近いな。いいか？　資本主義にとって金は力だ。金さえあれば大抵の問題は片づく」

「はあ……」

兼業には何か強い信念があるのかと思ったが、拍子抜けした。

（でも、確かにお金がないと何もできないもんな……）

金銭的な余裕は精神的な余裕にも繋《つな》がる。天堂の言っていることは真理かもしれない。

「天堂さんは神道とか陰陽道《おんみょうどう》とか？　そういう流派なんですか？」

「ウチの家系はたまたまそういうのに強い血筋だったってだけで我流だ。規則とかしきたりとかに煩《うるさ》いところに関わっても面倒なだけだしな。――じゃあ、俺はもう行くわ」

天堂は地面に置いていた荷物を拾い上げ、踵《きびす》を返す。

これきり会えないかもしれない。そう思ったら、いてもたってもいられなかった。何でもいいから話しかけなければと、思い切って口を開く。

「あ、あの！　ええと、天堂さんは西本さんの家をどうするつもりなんですか？」

また会いたいなどと下手なナンパのようなことも言えず、結局その場凌《しの》ぎの発言になってしまった。

「そりゃ、買い取って処理して売りに出すのが理想だな。まずは旦那のほうと話をしなきゃならねーけど。寄贈してでも手放したいんだから、二束三文でも承諾するだろ。寄贈の話が流れても悪く思うなよ」

「別に悪くなんて……」

「お前とはまた会えそうな気がするな」

「……っ」

天堂はこちらを振り返りニヤリと笑うと、颯爽《さっそう》と車に乗り込んで行ってしまった。

（嵐みたいな人だな……）

台風一過のような気分で呆然《ぼうぜん》としていた偲は、どこか遠くから聞こえてきたクラクションの音で我に返る。

「あっ、ジャケット！」

車がすっかり見えなくなった頃、天堂に借りていたジャケットを返しそびれていたことに気がついた。

4

　夢見心地で区役所に戻った偲は仕事が手につかず、やむなく残業することになった。帰途についたいまもどこかふわふわした気分だ。

　途中、顔馴染《かおなじ》みの店で惣菜《そうざい》を買ったらおまけをしてくれた。色んなことのあった一日だったが、概《おおむ》ねいい日だったと思う。

　自宅付近は人通りが少ない。以前は戸建ての家が多かった地域だが、いまは空き家か更地になっているところが多いからだ。

　角を曲がった偲は、自宅の門扉の前の惨状にため息をついた。カラスに荒らされたゴミ捨て場のような光景だが、人間の仕業だということはわかっている。

(いい加減、しつこいな)

　こんな状態になっているのは初めてのことではない。嫌がらせとしては稚拙な手段だが、地味に精神的ダメージを受ける。

こうして場が荒れていると、よくないものも引き寄せる。地面を這《は》いずっている黒いヘドロのようなものは、黒い靄の成れの果てのようなものだろう。

「――そうだ」

いつもなら見ないふりでゴミだけ片づけるのだが、天堂に教えてもらったことを思い出した。

一人でできるだろうかと尻込みしかけるが、何ごとも練習あるのみだ。偲は対象を見つめて、吹き飛ばすイメージで腹に力を入れる。

「……ッ」

生ゴミの間で蠢《うごめ》いていたヘドロは、弾《はじ》かれるように霧散した。

消え去ったのではなく、見えないくらい小さく散り散りになっただけのようだが、それでも辺りの空気が少し軽くなる。

(一人でもできた)

成功体験は自信に繋《つな》がる。残るは生ゴミの山だが、掃除に関しては慣れたものだ。

腐臭に顔を顰《しか》めながら、カバンからマスクとゴミ袋を取り出すと、門扉の横の植木の陰に置いておいた箒《ほうき》とちりとりで手早く片づける。

郵便受けの中身を取り出す。ダイレクトメールや公共料金の封書に交じり、殴り書きの紙が何枚もあった。

『金を返せ』『犯罪者』『税金泥棒』などという手書きの文句が大胆に書かれている。最初の文字が大きすぎて、後半に向かって小さくなっていくところがご愛敬《あいきょう》だ。

「……まったく、毎月の返済に遅れたことないだろ」

偲は近隣の再開発をしている大手建設会社から何度も土地の買い取りの話を持ちかけられている。

だが、どんなに金額を吊り上げられても首を縦に振らない偲に、最近は苛立《いらだ》っている雰囲気を隠さなくなってきた。

証拠はないけれど、偲に手垢《てあか》のついた嫌がらせをしてきているのは彼らに依頼された地上げ業者だろう。もちろん、通報したりもしているけれど、問題解決には至っていない。

(金の問題じゃないんだよ)

いま偲が住んでいる家は、亡き祖父から譲り受けたものだ。祖父は小さな印刷会社をやっていたため、敷地《しきち》は一般的な戸建てよりもやや広い。

建物は工場兼住居で、裏手に小さな庭がある。祖母の植えた梅の木と枇杷《びわ》の木はすっかり大きくなった。

確かに一人暮らしには広すぎるかもしれない。だが、あんな嫌がらせをされても気持ちが変わることなどないのに全く懲りる様子がない。

不幸中の幸いは、この辺りの住人はほとんどが引っ越しをすませているため、迷惑をかける相手がいないことだ。

細い私道を通って裏の勝手口に回り、周囲を警戒しながら中に入る。周囲を防音のための塀で囲んであるのだが、いまでは防犯面で役に立っている。

祖父から引き継いだのは住まいだけではない。工場を経営をしていたときの借金も残っている。相続放棄をすることもできたし、土地を売れば全額返済も可能だ。

しかし、独り身の身の丈に合わない住まいだとしても、思い出の残るこの家を手放す気には到底なれなかった。

(俺にはもうここしかないから)

祖父母と愛犬の思い出の残る家屋を諦めることなどできるわけもなく、偲は全て引き受けることにしたのだ。

返済に追われる日々だとしても、後悔はない。偲は立てつけの悪くなった玄関を開けた。

「ただいまー」

返ってくる声はないけれど、上《あ》がり框《がまち》の上に尻尾を振って偲を待つ存在はいる。

「留守番ありがとな、小雪《こゆき》」

小雪は短毛のミックス犬の女の子だ。中型で形は柴犬《しばいぬ》のようだが、毛並みはグレーで顔周りだけが白くなっているため、小さな狼《おおかみ》のようにも見える。

元々は同級生が飼っていた犬だったが、思ったより世話が面倒だったからと保健所に持ち込もうとしたのを無理やり引き取ってきた。

自宅に犬を入れるのを両親に嫌がられたため、祖父母に頼み込んでこの家に置いてもらった。毎日、世話をしに通っているうち、偲もこの家に住み込むようになったのだ。

寝食を共にして育った小雪は、偲にとって相棒であり親友でもある、世界で一番大事な存在だ。

願わくば、小雪にとっても偲が親友だと思ってもらえていたらいいが、一番敬意を抱き、甘えていたのは祖母だった。

もしかしたら、彼女にとって偲は守るべき弟分だったのかもしれない。

「今日はすごい人に会ったんだよ。天堂さんっていう不動産屋さんなんだけど、祓い師なんだって。兼業って言ってたけど、むしろそっちが本業ぽかったな」

小雪は真剣な眼差《まなざ》しで偲の話を聞いてくれる。両親とは疎遠で一緒に暮らしていた祖父母もいないいま、唯一の家族だ。

「天堂さんが言うには、俺って凄《すご》い力があるんだって。だから、色んなものが見えるらしい。何だかよくわからなかったけど、天堂さんが上手《うま》く力を使えるようにしてくれたんだ」

見たくないと思えば〝目〟や〝耳〟を塞ぐこともできるし、意思を強く持てば弱いものなら追い払うことができる。それだけで全く心持ちが違う。

「お陰で今日の帰り道はすごく楽だった！　いつもの曲がり角も全然平気だったし、これでもっと色んな仕事ができるかも」

何より、いままでこの体質が嫌で仕方なかったけど、悪いことばかりではなかったことにも気がついた。

〝見える〟からこそ、救われることもある。見たくないものも多いけれど、そうでないこともあるといまさらながらに気がついた。

「ジャケットも返さなきゃいけないし、もう一度会えるといいんだけど」

名刺に書かれた電話番号に何度もかけたけれど、電波の届かないところにいるというアナウンスが流れるばかりで全く繋がらなかった。

もしかしたら、遠方に行っているのかもしれない。だけど、曰《いわ》くつきの物件ばかり扱っているのなら、またどこかで鉢合わせすることもあるはずだ。

「ここは俺が守るから。頑張るから、ずっと一緒にいてくれよな」

張り切る偲の言葉に応えるように、小雪は鼻先を擦り寄せてくれた。

5

天堂との出逢《であ》いは、偲にとっては人生が一変するできごとだった。彼のお陰で日々の生活が格段に楽になった。

何か見えてしまっても、一度目を閉じ、シャッターを下ろすイメージを思い浮かべてから目を開ければ見えなくなる。

そこに存在している気配は感じなくはないけれど、見えないだけで精神的な疲労が段違いだ。小さな雑霊は睨《にら》むだけで退散してくれる。

この数日、そうやって心に余裕ができたことで、彼らを冷静に観察できるようにもなってきた。そこで気づいたのは、意外と悪意が向けられていないということだ。

もちろん、近づけば体は重くなるし、気分も悪くなる。だが、それは彼らの資質のようなもので、偲を害そうと思って寄ってきているわけではないようなのだ。

よく言えば、一種の〝好意〟のようなものを感じているのかもしれない。

(俺の暗さに共感を覚えるんだろうか……)

ありがた迷惑でしかないけれど、訴える先もない以上、結局はやり過ごすしかないのだ。

ロッカーに荷物をしまい、自分の席へと行くともうすでに緑川が来ていた。コンビニエンスストアのコーヒーを飲みながら、申請書に目を通している。

相談は役所の窓口以外に、ホームページのメールフォームや郵送、ファックスでも受けつけている。そこから緊急性の高いものを選《え》り分けたあと、順番に確認していくのだ。

「緑川さん、おはようございます」

「おはよう。あ、青柳。約束のやつ。遅くなって悪かったな」

人差し指と中指に挟んで差し出されたのは、食堂の食券だった。

「あ、どうも」

「こないだは助かった」

「報告書は間に合いましたか？」

「え？　ああ、うん、報告書ね。お陰で間に合った」

一瞬会話が噛《か》み合わなかったように感じたのは気のせいだろうか。

「次はちゃんと来てくださいね」

「善処する」

「…………」

前向きな回答のように聞こえるが、状況次第では来ないと言っているようなものだ。口先だけで承諾してあとでそれを反故《ほご》にするよりは誠実な気もしなくもない。

「あ、そうだ。この間の寄贈の話、保留にさせてくれって連絡きてたぞ。ほら、あのマンションの谷間にある古い家」

「えっ、いつですか？」

緑川が言っているのは、先日訪れた西本家のことだろう。

「昨日、青柳が窓口やってたとき」

「そのとき教えてくださいよ！」

「だって、長くかかりそうだったし。それに教えたって、青柳にはどうにもできないだろ」

「それはそうですけど……」

個人的にその後が気になっていたと言うわけにもいかず押し黙る。

（やっぱり天堂さんが買うことになったのかな……）

相場より安値だとしても、いくらかでも値がつくのなら、持ち主にとってはありがたいはずだ。

きっと、あの家は天堂が対処して、改めて売りに出されるのだろう。

「寄贈を取りやめてくれると、面倒な物件が一つ減って助かるんだけどな」

「でも、それでいいんですか？」

「区の損失になってもいいのかってことか？　そりゃ、普通の家ならともかく幽霊屋敷《やしき》だろ。寄贈されても処理に困るし、民間で管理してもらえたほうが助かる」

「えっ、緑川さん知ってたんですか!?」

彼に幽霊屋敷と称されたことに驚いた。偲の反応に、苦虫を嚙み潰したような顔になる。口を滑らせたと言わんばかりの表情だ。

「ま、まあ、噂《うわさ》でな」

「それなのに、俺を一人で行かせたんですか!?」

「ほら、しょせん噂だろ？　深刻になるなって」

「せめて先に教えてくれてもいいじゃないですか！」

そのせいで、偲は酷《ひど》い目に遭ったのだと思うと怒りも湧いてくる。

その噂を知っていたとしても、できたことなんて何もないけれど、二人で現場に出られる日に回すことだってできたはずだ。

「おはよう。どしたの？　二人とも」

「白石さん！　いや、あの……」

「青柳がこないだ一人で行った家が幽霊屋敷だって噂があったのを教えなかったって怒ってるんですよ」

「幽霊屋敷？」

「寄贈の相談を受けたやつです。ほら、ビルの谷間に立ってる」

「ああ、西本さんの。幽霊屋敷なんて呼び方はよくないでしょ。でも、そういう物件は特殊事案ありって書いておくようにって言わなかった？」

「特殊事案……」

お役所らしい言い換えに脱力してしまう。

しかし、それならそうと先に言っておいてくれれば気持ちの準備くらいできたものを。

「でも、緑川くんもあの日報告書すぐ書き終わってたじゃない。一緒に行けばよかったのに」

「え？」

「ちょ、白石さんそれを言わないでくださいよ」

緑川は苦虫を嚙み潰したような顔をしている。もしかして、報告書云々《うんぬん》というのは現場に出たくない言い訳だったのだろうか。

「あっ、緑川くんも幽霊屋敷が怖かったんじゃない？」

「なっ、何言ってるんですか！　そんなわけないでしょう」

明らかに目が泳いでいる。緑川はその手の類いのものが苦手な質《たち》のようだ。

「怪しいな〜。青柳くんはどう？」

「へ？　いや、お、俺は別に怖くはないですよ」

そう答えた自分に少し驚いた。確かに自分の場合、多くの人々のようにいもしないはずの存在に怯《おび》えているわけではない。実害があるからこそ、警戒しているのだ。

とはいえ、そんなことを説明したところで、怖いのをごまかしているだけだろうと言われるのがオチだ。

「一度くらい幽霊見てみたいなあ。私霊感ゼロだから何にも感じないんだよね」

偲からしたら羨ましくて仕方のない体質だ。彼らの気配を感じずにすむなら、日々神経をとがらせながら過ごさずにすむ。

「白石さんは幽霊とか信じてるんですか？」

「信じてるに決まってるじゃない！　本当にいなかったら、怪談なんて生まれる余地もなかったと思うのよね。もちろん、その多くは想像の賜物《たまもの》だろうけど、素地となるものはこの世に存在してるはず。さすがにテレビから出てくる怪異とかは眉唾だけど、引き継がれていく呪いはないとは言いきれないでしょ？」

白石がオカルト好きだったとは知らなかった。語り出したら止まらない。口を挟んでもやぶ蛇になりかねないと思い、黙って彼女の持論を右から左に聞き流す。

「怪異だと思われていた事案が、現代で科学的に証明されたケースもたくさんありますけど？」

緑川が水を差す。

「それはそれで興味深いじゃない。幽霊もいつか科学で解明される日が来るかも知れないでしょ？　それで、青柳くんが行ったときは何もなかった？　変な人影を見たとか、物が勝手に動いたとか」

「そ、そんなことあるわけないじゃないですか」

答えに窮する。何かあったと訊《き》かれれば、もの凄《すご》くあったと言う他ない。この様子なら白石は偲のことを信じてくれるだろう。だが、喉が詰まって上手《うま》く言葉が出てこない。

白石なら『冗談だったのに』なんてハシゴを外すような真似《まね》はしないはずだ。

それでも、ここは職場で目の前には緑川もいるし、通りかかった他の部署の人間に聞かれる可能性もある。

どんな場合でも、不用意な発言は避けるのが賢明だ。

話題を変えるためのネタを脳内で探していて、ふと天堂のことを思い出した。

「……そういえば不動産屋の人に会いました。西本さんの奥さんに査定を依頼されてるって」

「不動産屋？　そこがあの物件を買ったから寄贈の話がなくなったんだな」

「多分、そうだと思います。白石さんのことを知ってるみたいでしたけど」

西本の家の霊障は酷かったけれど、天堂ならどうにかしてしまうだろう。

「ねえ、それってもしかして事故物件不動産の天堂さんじゃない？」

「知ってるんですか？　ていうか、事故物件不動産って？」

「何ですか、その胡散臭《うさんくさ》い不動産屋は」

「ああ、ごめんごめん。事故物件不動産っていうのはウチと同じで通称ね。曰《いわ》くつきの物件ばっかり取り扱ってて、お祓《はら》いみたいなこともしてるんだって」

どうやら天堂も不名誉な二つ名をつけられているようだ。事故物件ばかり扱っているからだろうが、言い得て妙だ。

「何か胡散臭いな。その人、詐欺師か何かじゃないんですか？」

「そんなこと――」

謂《いわ》れのない不名誉な憶測に、思わず声を荒らげそうになった。天堂の実力は本物だ。だが、偲がここでムキになったところで訝《いぶか》しがられるだけだ。

一呼吸置き、冷静に自分の意見を告げる。

「……俺には悪い人には見えませんでしたけど」

「私もいい人だと思うな。一見怖そうだけど、すごく親切だし。むしろ、お節介なくらいの世話焼きタイプだと思う」

「ですよね!?」

白石の好意的な評価が嬉《うれ》しくて前のめりになってしまう。

「ていうか、天堂さんがいたってことは本物の幽霊屋敷だったたってことじゃない？　何もなくてよかったね、青柳くん」

「……やっぱり行かなくてよかった」

ぼそりと呟《つぶや》かれた言葉を聞き逃さなかった。

「緑川さん、いま何か言いました？」

「いやいや、何でもないよ」

武士の情けで追及しないでおくことにした。

「うちでチェックしてる物件はあの人が目をつけていることも多いから、ちょくちょく顔を合わせることになるんじゃない？」

「……！」

白石の言葉に、沸き立つような気持ちになった。

（やっぱり、もう一度会いたいな）

そういえば、物件を買い取ったあとに〈事後処理〉をすると言っていた。つまり、あの家にもう一度戻ってくるということだ。あの家に行けば、また会える可能性がある。

いつ会えるとも限らないため、外回りのカバンと共に持ち歩いているジャケットも返さなくてはならない。

「顔合わせたら、よろしく言っておいてよ」

「は、はい！」

「さ、仕事仕事。午後もやることたくさんあるからね」

気がついたら、白石の雑談で緑川への苛立《いらだ》ちがすっかりなくなっていた。

西本の家では酷い目に遭ったけれど、幸い天堂のお陰で無事だった。むしろ、彼に出逢《であ》えたのは緑川のお陰と言えるかもしれない。

密《ひそ》かに感謝を胸に抱きながら、偲は業務に取りかかった。

6

「会いたいと思うと会えないんだよなあ……」

あれから、天堂とは連絡がついていない。名刺に書かれた携帯電話の番号に日を改めて何度もかけ直しているにも拘《かか》わらず、全く電話が繋《つな》がらないからだ。

ずっと充電が切れたままになっているか、あの乱雑な車内でスマートフォンが行方不明になっている可能性もある。

（着信拒否されてるとかじゃないよな？）

まるでストーカーめいた行動だが、しつこくしたいわけではない。返さなければならないものがあるからだ。別に下心があるわけでは、断じてない。

だが、ふと頭を撫《な》でられたときの温かい手の感触を思い出した。

「……っ」

むず痒《がゆ》い感覚が蘇《よみがえ》り、かぁっと顔が熱くなる。

（何を俺はドキドキしてるんだ）

憧れというか、尊敬に値する人ではあったけれど、胸を高鳴らせる意味がわからない。

とにかく、まずは借りているものを返すのが目的だ。

偶然の確率を上げるために、偲は現場回りを積極的に一人で引き受けるようになった。

それは偏《ひとえ》に天堂に再会するためだ。相変わらず電話は繋がらず、一度だけ留守電になったときにメッセージを残したけれど折り返しもない。

偲たちが扱う物件は曰《いわ》くつきのものが多いことを考えれば、行動範囲は被《かぶ》っているはずだ。

念のため、ジャケットは持ち歩くようにしているが、いまのところすれ違うことすらできていない。

日曜日の今日、偲はいてもたってもいられずに再び西本家へとやってきた。

「……そう簡単に会えるわけないよな」

本格的にストーカーになってきている気がする。いい加減、自重したほうがよさそうだ。

そう思ったそのとき――。

「え？」

見覚えのあるシルエットに、ドクン、と心臓が大きく跳ねる。噂《うわさ》をすれば影ということわざもあるけれど、まさかそんな都合のいいことがあるだろうか。

瞼《まぶた》を擦《こす》り、再度西本家の前に立つ人影に目を凝らす。

まちがいない。あれは天堂だ。

テンションが上がった偲は、駆け寄りながら声をかけた。

「天堂さん！」

「ん？　お前はこの間の――」

「青柳偲です！　先日は大変お世話になりました……っ」

目の前に立ち深々と頭を下げてから、馴《な》れ馴れしすぎただろうかと反省する。迷惑そうな顔をされたら、すぐに立ち去ろう。引き際は肝心だ。

「元気そうだな、偲。ずいぶん顔色がよくなった」

天堂は突然の声かけにもかかわらず、気を悪くした様子もなく応対してくれる。それどころか、いきなりの呼び捨てにもドキドキしてしまった。

「天堂さんのお陰でだいぶ楽に過ごせるようになりました」

悪霊を排除するのは上手くできないけれど、見えるもののオンオフができるようになったお陰で精神的疲労が緩和した。

「あの、ジャケットを返したくて連絡してたんですけど、しつこくてご迷惑でしたよね？」

ずっと繋《つな》がらなかったこともあり、山のような履歴が残っているはずだ。

「そうだったのか、すまん。いまスマホが行方不明なんだ。多分、車のどこかにあると思うんだが……」

雑然とした車内を思い出す。あそこで見失ったら、見つけ出すのは至難の業だろう。

「持ってきてるので返しますね」

「それはまだ持ってていい」

「え？」

「役に立つこともあるだろうからな。今日は役所は休みだろ？　まさか、休日出勤か？」

「ええと、あの、個人的に西本さんの家が気になって……」

まさか天堂に会いたくて、出逢えそうな場所にあちこち足を運んでいたなどとストーカーの告白をするわけにもいかず、咄嗟《とっさ》に思いついた言い訳を口にした。

「そういや、悪かったな。物件を横取りしちまって」

「いえ、むしろこちらでは対処できなかったと思うので助かりました」

もしも、あのまま区に寄贈されたとしても、何の手もつけられずに塩漬けにするしかなかっただろう。

家は誰かが住んでこそのものだ。放置され、朽ちていくだけでは悲しすぎる。

「偲、今日はこのあと予定あるか？」

「い、いえ、とくには……」

呼び捨てにドキッとしてしどろもどろになってしまう。

「それなら、ちょっと手を貸せ」

「え？　手をと言われても、俺にできることってあるんですか？」

偲の能力と言えるようなものは、受動的に霊を見ることだけだ。何か働きかけるようなことはできない。霊の残滓《ざんし》を追い払えるようになったとは言え、天堂の足元にも及ばない。

「やることは色々あるからな。偲はあの家のこと、どのくらい聞いてる？」

「ええと、亡くなったお父様から相続したご実家というくらいです」

「立地も悪くないのに寄附だなんておかしいと思わなかった？」

「思いましたけど……」

足を踏み入れて納得した。あの様子ではどこも買い取ってくれるわけはない。

偲は影響を受けやすい体質ではあるけれど、あれほどの霊障があるということは普通の人でも不調を訴えるはずだ。

「まだ確証はないんだが、あそこにいるのはおそらく住人だった父親だと思う。晩年は家族も疎遠にしていて、どんな暮らしをしていたかわからないそうだ」

老いた親と成人した子供が疎遠になっているケースは少なくない。不仲が原因なものもあれば、ただ無関心なだけのこともある。

こういった空き家問題は家族の機能不全が原因なことも多い。誰も面倒ごとは積極的に引き受けたいとは思わないのだろう。

「西本さんを成仏させてあげることはできるんですか？」

「成仏って考え方は仏教のものなんだ。実際、解き放たれた霊がどこにいくのかは俺たちにはわからない。子孫や生前大事にしていた人の守護霊になったり、家を守る土地神になっている例は確認してる」

「そうなんですね……」

「まあ、うちはどちらかというと神道寄りではあるんだが、ごった煮の正統派じゃない我流なんでね」

「我流？」

「道具や堅苦しい文言は必要としない。それぞれが持つ〝力〟で解決する。経験から得たコツみたいなものを口伝えすることはあっても、儀式だの形式だのはない」

「じゃあ、その、霊を解放させるには天堂さんが持ってるような力がないと無理なんですか？」

「霊が場所や人から離れられずに濁っていくのは、未練と執着があるからだ。生きてる人間だって、執着を拗《こじ》らせたら病んでいくだろう？　それらを解き明かせば、さっきみたいな現象も治まると思う」

「…………」

あの声の主から向けられた敵意の中に一抹の淋《さみ》しさを感じた。あそこは彼が唯一安らげる場所なのかもしれない。

誰も味方じゃない、どうせわかってもらえない、期待して裏切られるのはもう嫌だ、だから拒絶をする。

偲には彼の気持ちがわかる気がした。だが、死んでまで孤独に支配され、全てを拒絶し続けているのは悲しすぎる。

「基本的に霊は『未練』があるから一定の場所に止《とど》まっていることが多い。その柵《しがら》みを解くには、まず霊の正体を特定し、その人物の未練が何なのかを突き止める。そうして心残りを解消させてやるんだ」

「天堂さんなら、未練を調べなくても祓《はら》うことができるんじゃないですか？　何か儀式みたいなのをやって、一気に祓ったりとか……」

「できるが、それは最後の手段だな。強引に祓うと、その魂に傷がつくこともあるし、下手をすると消滅してしまう。場所や物から離れられずに苦しんでいたのに、存在ごと消されるなんてあんまりだろ？　神道には輪廻《りんね》転生の考え方はないが、俺は生まれ変わってくることもあると思ってる」

祓い屋の仕事は害虫駆除のようなものではなく、言うなればカウンセラーのような立ち位置なのかもしれない。

「天堂さんは優しいんですね」

偲の感想に、天堂は鼻先を指で掻《か》いた。

「別にそういうわけじゃない。それに俺の力は強すぎて、加減が上手《うま》くいかないと真《ま》っ新《さら》にしかねない。そうすると他のものまでいなくなる」

「何かまずいんですか？」

「無霊状態になるとより大きい存在に入り込まれやすいんだ。人の目に見えないやつらが皆悪いというわけじゃない。共存しているからこそ上手くいくこともある」

何ごともバランスというわけか。人間も常在菌に守られていると聞く。偲が不気味に思っていた存在たちのお陰で守られていたものもあったのかもしれない。

「天堂さんの流派には何人くらいいるんですか？」

「もう俺一人だ」

「えっ」

「婆《ばあ》さんは弟子も取り巻きも大勢いたけど、結局まともに力が使えるようになったやつは一人もいない。無茶な依頼を受けて失敗して死んだよ。一番弟子が後釜を名乗って、新興宗教みたいになってる」

「そんな……。そこは取り返せないんですか？」

「別に継がなきゃならないもんでもないし、面倒を引き受けてもらって助かってるよ」

「天堂さんは弟子を取ったりしないんですか？」

「面倒ごとは死んでるやつらだけで充分だ。けど、お前なら――」

強い風が吹いてきて、天堂の声が掻き消される。

「え、いま何て？」

「何でもない。早く取りかかろう。日が暮れれば奴らの領分になるし、性質も変わりかねない」

訊《き》き返したけれど、答えてはもらえなかった。

確かに暗くなるとあの黒い靄《もや》は闇に紛れて避けにくくなる。

「ええと、正体を特定し、未練を突き止め、解消するって流れなんですよね？　そもそも、どうやって正体を特定するんですか？」

問題が起きているのは西本の家だから、本人の霊が何かしらのことをしている可能性が大きいだろう。しかし、推測と結論の間には隔たりがある。

表向きはもうこの世にいない存在について調べるのはそう簡単ではないだろう。天堂ならその目で見るだけであらゆることを見抜けそうだ。もしくは、何か特別な儀式のようなものがあるのかもしれない。

「基本は近所で聞き込みだ」

「聞き込み⁉」

「その家の住人がどんな人となりだったのか、どういう暮らしをしていたのか、記憶に残るようなできごとがなかったか――『未練』が何なのか突き止める手がかりになる」

「なるほど……」

「俺はその通りを担当するから、偲はそっちの通りで聞き込みをしてくれ」

「えっ？」

ずいぶんとアナログな方法だが、実際一番の近道だろう。とは言え、コミュ障にはハードルの高い課題を出され、途端に尻込みしてしまう。

「俺はこんな形だし、お前のほうが警戒されずに話を聞けるだろうからな」

何か手伝えることがあるのかと不思議だったが、こういうことだったのか。

「……わかりました。頑張ってみます」

知らない人の家を訪ねていくのは苦手だし気が引ける。迷惑がられるかもしれないし、応答してもらえるとも限らない。

けれど、天堂の役に立てるのならひと頑張りしようと、どうにか自分を奮い立たせた。

7

何度も深呼吸を繰り返したあと、西本家から一番近い戸建てのインターフォンを押した。あまりの緊張に、いっそ留守であって欲しいとさえ思ってしまう。

「はぁい、どなた?」

インターフォンからの返答ではなく、玄関がガチャリと開く。出てきたのは六十代くらいの小柄な女性だった。

綺麗《きれい》に染められた髪は肩につかない長さに整えられ、ふんわりとセットされている。エプロンをしているところを見ると、料理中だったのかもしれない。

「お、お忙しいところすみません、区役所の者ですが……」

上擦る声でそう切り出したものの、どう説明するか考えていなかったことに気がついた。休みの日に肩書きを名乗るのはあまりよろしくないけれど、信用を得る手段として使ってしまった。

そもそも、道路を挟んで向かいの家に出る幽霊について調べているなどと言えるはずもない。偲は焦りで背中に嫌な汗がじっとりと浮いてくる。

「工事のお知らせか何か？」

「ええと、あちらの西本さんのお宅の調査に来ていまして、少しお話を聞かせてもらえればと思いまして……」

寄贈予定の物件の調査。聞き込みはその一環と言えなくもない。嘘《うそ》は吐きたくなかったため、最小限の情報を提示した。名刺を差し出すと、得心がいったという顔になる。

「ああ、西本さん家《ち》ね。空き家になってもう一年経《た》ったものね。お役所のほうでどうにかしてくれることになったの？」

「ええと、そうできればと……」

思ってはいたが、できなかった。語尾を濁し、真実をカムフラージュする。

「ほら、いまは庭もあんなだし、無人の家があると周りの治安が悪くなるでしょう？　ずっと気になってたのよね。それにしても西本さん、まさかお買い物の帰りに倒れて、そのまま亡くなられるなんて思いもしなかったわ」

話し好きなタイプのようで、こちらから質問する間もないまま語り始めた。

「そんなことがあったんですね」

「あのときは大騒ぎだったんだから。買い物の帰り道で発作を起こして倒れてね。救急車で運ばれたんだけど、間に合わなかったみたいで」

「外で亡くなられたんですか……」

「こう言うのも何だけど、不幸中の幸いよね。自宅だったら、なかなか見つけてもらえなかっただろうし。あんなことになるなら、もっと早く入院したらよかったのに」

「え？　どこか悪かったんですか？」

「詳しいことは知らないんだけど、ご病気を患っていたらしくて。民生委員の方とか施設に入ることを勧めてらしたんですよ。だけど、絶対に家から離れないって、買い物のとき以外は閉じこもるようになっちゃったって聞いたわ」

「そんなことが……」

家にいることに拘《こだわ》っていたということは、あそこに立ち入ろうとしてくる人を拒絶しているのはやはり西本の父親の可能性が高い。

「晩年はあんなだったけど、奥さんが亡くなるまでは静かで物腰の柔らかい人だったんですって。独り身で偏屈になっていっちゃったのかしら。とにかく、早くどうにかなるといいわね」

「そうですね。お話聞かせていただいてありがとうございました」

これ以上、聞き出せる情報もないだろう。話を切り上げ、礼を言う。

「あら、栞《しおり》ちゃんおかえり」

「お祖母《ばあ》ちゃん、ただいま」

地元の中学校の制服を着た女の子が帰ってきた。偲はぎこちない笑顔を浮かべ、挨拶をする。

「こ、こんにちは」

「……こんにちは」

栞と呼ばれた少女は、挨拶をした偲に胡乱《うろん》な目を向ける。

「区役所の人よ。西本さん家の調査に来たんですって」

「……ふぅん」

栞は猫のように踵《きびす》を返して背中を向け、家の中に入っていった。

（俺、そんなに怪しい人間に見えたかな……）

ほんのり傷つきつつも、無闇に警戒心を解かない用心深さに感心する。いまのご時世、どこに不審者が潜んでいるかわからない。

「ごめんなさいねえ、気難しい年頃で」

「い、いえ、大丈夫です」

玄関が閉まる直前、栞がこちらへちらりと視線を向けるのが見えた。

周辺の聞き込みを一通り終え、先程のコインパーキングの横で天堂と合流した。

「お疲れ。何かわかった？」

天堂はペットボトルのお茶を手渡してきた。わざわざ買ってきてくれたのか、まだ冷たい。

「あ、ありがとうございます」

礼を言って受け取り、ありがたくいただく。とてつもなく緊張していたため、喉がカラカラになっていた。

喉を潤して落ち着いてから、得られた情報を伝えた。

「西本さんは五年ほど前に奥様を亡くされてから家に籠もりがちになったそうです。持病があったようなんですが、施設に入ることを勧められても拒んでいたとかで……。亡くなられたのは買い物に出た帰りのことで、搬送先で息を引き取られたと聞きました」

何人にも話を聞いてみたけれど、どこからも同じような答えが返ってきた。皆、亡くなった妻のことはよく知っているのだが、夫のこととなるとぼんやりとした印象だった。

夫婦仲はよかったらしい。一人息子は正月に顔を出せばいいほうで、妻がなくなってからは全く見かけなくなったとのことだ。

「俺の聞いてきたのもそんなもんだ。いくらかトラブルもあったみたいだ。隣のマンション工事の職人としょっちゅう揉《も》めてたとか地上げの建設屋を塩撒《ま》いて追い払ったとか」

「周辺が立ち退いていく中、一人頑張ってたみたいですね。それで周りのマンションがあんなふうに建ったんでしょうね」

三方をマンションに囲まれ、ほとんど日が当たらなくなってしまっていたが、庭木の育ち方を見れば以前の様子を想像できる。

立ち退き料をもらって、立地のいい場所に引っ越したほうが得かもしれない。だが、家にはそこで暮らしてきた思い出がある。

つい自分の置かれた状況に重ね合わせ、同情してしまう。

「やっぱり、あの霊は西本さんのお父さんでしょうか?」

「十中八九そうだろう。けど、外で亡くなったのに、いまは家にいるのが気になるな」

「どういうことですか?」

「未練を持ったまま亡くなると、その場所に囚《とら》われることが多いんだ。家まで帰り着いたなんてすごいな。余程強い意志があったんだろう」

「一体、何が未練なんでしょうか……。家自体を手放したくない気持ちが強いとか?」

偲の祖父も自分の代で建てた自宅兼工場をとても大切にしていた。小まめに掃除をし、壊れた場所は手ずから修理しながら暮らしていた。

偲の両親である息子夫婦がそこを売って施設に入ることを勧めても、家を維持することに拘り、いま偲がそこに住んでいる。

「それはあるかもな。あそこは西本氏が結婚後に建てた家なんだそうだ。自分の築き上げてきたものはそう簡単には手放せないもんだ」

書類に拠《よ》れば築五十年ほどらしいが、佇《たたず》まいからマメに手入れをしていたことが窺《うかが》える。大事に暮らしていたのだろう。

「……となると、やっぱり手がかりは家の中か」

「な、中に入るんですか？」

「そうしないと調べられないからな」

先日の霊障を思い出すと腰が引ける。あのときは天堂がこなかったら、どうなっていたかわからない。

「怖いよな。けどまあ、大丈夫だ。俺が傍《そば》にいるんだから」

「……！」

力強い言葉に胸が熱くなる。

天堂の「大丈夫」は、どんな困難だって吹き飛んでしまいそうな力強さがあった。

8

「…………」

偲と天堂は、再び西本家の前へと戻ってきた。

こうして外から見るぶんには問題ない。どこか不穏な雰囲気が感じ取れるくらいだ。それでも、先日の苦しさを思い出すとどうしても足取りが重くなる。

「あの、家の中に入ってもいいんですか？」

「心霊現象の調査も頼まれてるから、鍵を預かってる。大丈夫だ、何かあっても俺がいる」

「！」

ポンと肩を叩《たた》かれた瞬間、体が軽くなった。

「は、はい」

何もないほうがありがたいが、天堂の言葉を信じ、覚悟を決めて足を踏み入れる。

「あれ？」

「ほら、大丈夫だろ」

「……本当だ」

確かにさっきのような威圧感はない。肌はざわざわするけれど、不快感や金縛りのような症状は現れなかった。

天堂の傍にいるだけで、何かに包まれているような感覚がある。と言うよりもむしろ、向こうがこちらを警戒し、遠巻きに見られているような気配がする。

（怯《おび》えてる？）

肉体を失い、霊体になった者たちから、天堂はどんなふうに見えているのだろうか。

天堂は伸びた雑草をかき分けながら、玄関へと向かう。ポケットから鍵の束を取り出し、磨《す》りガラスの塡《は》め込まれた引き戸を開けた。

「入るぞ」

「あっ、ちょっと……！」

天堂に置いていかれないよう、慌てて追いかける。いまは霊障の影響を受けずにすんでいるけれど、彼から離れたらどうなるかわからない。

「お、おじゃましまーす……うっ」

入った途端、埃《ほこり》と黴《かび》の臭いが鼻をつく。長い間、人の出入りがなかったことがわかる。

天堂の背中越しに覗《のぞ》くと、玄関から続く廊下は物が積み上がり、奥のほうは雪崩を起こしていて行く手を阻んでいた。

下駄《げた》箱の上にはゴミ袋や軍手、雑巾などが置いてある。きっと掃除をしにきた家族があまりの酷さに断念して置いて帰ったのだろう。

「これをつけろ」

天堂に差し出されたのはシューズカバーだった。確かに埃の積もった室内を靴下で歩く気にはなれない。

「ありがとうございます」

偲は礼を言ってカバーを受け取ると、靴の上に被《かぶ》せ、上《あ》がり框《がまち》に足をかける。

外見は経年を感じさせない佇まいだったけれど、やはり傷んでいる箇所はあるようで板張りの床は体重をかけると微《かす》かに撓《たわ》んだ。

「何か感じますか?」

あちこち眺めている天堂に恐る恐る声をかける。

「一人、存在の大きい気配を感じるけど、いまは隠れてるな。そんなにびびらせてるつもりはないんだが」

やっぱりいるのか、と腰が引ける。

「しかし、このまま奥に行くのは難しいな」

「俺、片づけます。こういうの慣れてるんで」

この春から数多《あまた》の〝ゴミ屋敷《やしき》〟を見てきた偲にとって、この程度の乱雑さは可愛《かわい》いほうだ。生ゴミが散乱してもいないし、少なくとも視界の高さまでゴミが埋まっているような状態ではない。

「この様子じゃ危険はなさそうだな。じゃあ、俺は二階を見てくる」

「えっ」

一人になるのは怖い。思わず縋《すが》るような眼差《まなざ》しを向けると、天堂は小さく笑った。

「大丈夫だ。お前の守護が仕事してるから。何かあったらすぐ戻る」

力づけるように肩をポンポンと叩かれる。心細くて堪《たま》らないが、成人男子としてそれ以上食い下がることはできなかった。

心細い気持ちで階段を上っていく天堂を見送った偲は、腹を括《くく》り、整理整頓に取りかかる。下駄箱の上にあった軍手やゴミ袋を使わせてもらうことにした。

新聞や雑誌をまとめ、明らかなゴミを袋に詰めていくとだいぶすっきりする。

皮膚がざわざわする感覚を無視しながらこうやってひたすらに手を動かしていると、余計なことを考えずにすんでいい。

西本老人は読書家だったようだ。積み上がっているのは書籍と雑誌ばかりだ。台所や風呂場はきちんと片づいている。几帳面《きちょうめん》に暮らしていたようだ。

築年数からすれば家の傷みは少ないほうだ。やはり小まめに手入れをしながら暮らしていたのだろう。

チリン、とどこかで鈴の音がした気がした。

(風鈴かな？)

季節外れだが、外し忘れている家があるのかもしれない。

違和感と言えば、さっきから匂いが気になっていた。人の家に来ると、独特の匂いを感じることがある。家に染みついた匂いは、どんなに換気をしても消え去ることはない。

(何の匂いなんだろう?)

どこかで嗅いだことがあるような気がするが、なかなか思い出せない。悪臭というほどではないけれど、独特の匂いがする。

「お、ずいぶん片づいたな」

「天堂さん。二階はどうでしたか?」

考え込んでいたところに天堂が下りてきた。

「上はしばらく使ってなかったみたいだ。少し床が撓んでたが、きっちり整頓されてたよ。本棚が何棹《さお》か空になってた。ここに詰んである本はそこに入れてあったものかもな」

「本は床が抜けかねないですからね」

手放すことはできず、一先《ひとま》ず廊下に避難させたのだろう。

「何か気になるものはあったか?」

「大したことじゃないんですが、ちょっと匂いが気になって……」

「匂い? ああ、もしかしたらペットがいたのかもな」

天堂は数度鼻をひくつかせてから、あっさりと言い当てた。

「ペット！　そうだ、ちょっと獣臭いんだ！」

西本は自宅から離れたがらなかったと言っていた。ペットがいたとしたら納得がいく。

しかし、外で犬などが飼われていた形跡はなかった。もし、動物がいたとしたら室内で飼育していたはずだ。

「犬か猫か、鳥ってこともあるか。こういうことあんまり考えたくないんですけど、もしも家の中で死んでいたら、もっと違う臭いがしているはずですよね？」

「ああ、それに死んでたとしたらもっと気配が残ってるはずだ」

「動物の霊もわかるんですか？」

「どんな生き物にも魂はあるからな」

可能性として考えられるのは、『元々、動物などいなかった』か『誰かが連れ出して面倒を見ている』か『外に逃げ出してしまった』の三つだ。

一つ目と二つ目ならいいが、逃げ出してしまっていたらと思うと胸が痛む。一年以上が経《た》っているため、保護は難しいだろうし、生き延びているかどうかもわからない。

「もう少し手がかりがあるといいんだけど……」

一階はほぼ見て回った。これ以上、何かを見つけられるとは思えない。諦めかけたそのとき、ふと出しっぱなしの炬燵《こたつ》が目に入った。

「まだ、見てないところがありました」

探しものをしているとき、よく炬燵の中から出てくることがあった。偲の家の場合、飼い犬がお気に入りのものを隠す場所にしていた。

「そこがこの家の主人の定位置だったみたいだな」

テレビに向かった正面。テレビやエアコンのリモコンが手の届く場所に置いてあり、座椅子には長年の使用感が残っていた。

「この中にも何かあるかもしれませ——うわッ」

炬燵布団を捲《めく》った瞬間、強い衝撃波のようなものに撥《は》ね飛ばされた。背後にいた天堂に受け止めてもらわなかったら、廊下の端まで飛ばされていたに違いない。

「大丈夫か⁉」

「す、すみません」

偲を撥ね飛ばしたのは、大きくて強い感情だった。さっき、家に入ろうとしたときと同じものだ。不安、怒り、心細さ——様々な想《おも》いが渦巻いている。

「何があっても守るって約束しただろ？」

「……ッ」

背中に天堂の胸筋の逞《たくま》しさを感じる。気恥ずかしさに、慌てて距離を取る。

（また助けてもらってしまった……）

こんなにもドキドキするのは、天堂が同性として憧れる理想的な人物だからかもしれない。ざっくばらんなのに頼もしくて、憧れを抱かずにはいられない。

「いま、何か見えただろう？」

天堂の問いに気持ちを引き締める。

「――はい。猫の姿が見えました」

炬燵布団に触れた瞬間、脳裏に映像が流れ込んできた。

前足にそれぞれ違う色の靴下を穿《は》いた三毛猫。

棒の先から伸びた紐《ひも》には魚のぬいぐるみがついているおもちゃを拾い上げる。炬燵布団を捲って吹き飛ばされたときに、一緒に出てきたようだ。

中に鈴が埋め込まれているのか、手に取って動かすとチリンと鳴った。

さっき、微かに聞こえた涼やかな音色はこの音だったのかもしれない。

「恐らくそれが未練だな。きっと、ここが一番侵されたくない領域なんだろう」

天堂は炬燵の天板の下から、何かを引き抜いた。彼の手元を覗き見る。それは色褪《いろあ》せた一枚の写真だった。

猫を抱き、穏やかな笑顔の老人がそこにいた。撫《な》でられているのか、腕の中の猫は気持ちよさそうに目を細めている。

（幸せそう）

撮影者には心を許していたのが見て取れる。一体、誰がこの写真を撮ったのだろうか。

「でも、その猫はどこにいったんだろう？」

少なくとも家の中に猫の姿は見当たらない。猫を飼っていたなら、餌やトイレなども置いてあるはずだ。だが、そういったものもどこにもない。

知らない人の気配に怯《おび》えて、隠れてしまうこともあるだろうが、西本が亡くなってから約一年だ。

「どこもしっかり閉まっていたから逃げたとは思えないし、もしも家に閉じ込められていたとしたらもう……」

「でも、腐臭はしないですよね？」

いまの部署に異動してから半年、様々なゴミ屋敷を見てきた。悲しいことにペットがなくなっている家もあった。少なくともそういった家の臭いとは違う。

もし家の中に閉じ込められていたとしたら、亡くなっているだろう。しかし、動物の遺体のようなものがあるとは思えなかった。

「――もしかして、西本さんは猫の帰りを待ってるんじゃないですか？」

ペットを想う気持ちは俣にもよくわかる。子犬の頃に引き取ったミックス犬が天に召されるまで一緒に暮らした。彼らは大事な家族の一員だ。

「そうかもな。その猫が無事だとわかれば心置きなく旅立てるかもしれない」

「じゃあ、その子を見つけないと」

「外に逃げて野良猫になってるとしたら厄介だな。じいさんが死んでから一年は経ってるだろう？」

無事ならいいが、野良の暮らしは想像以上に厳しい。病気にかかる確率も上がるし、事故に遭う猫も少なくない。

「息子が引き取ってりゃいいんだが。ちょっと聞いてみるか」

「俺はご近所さんたちにもう一度聞き込みをしてきます。猫のことを知ってる人がいるかもしれないし」

妻の生前から飼われていたなら、猫の情報を持っている人もいるかもしれない。

僅かに摑《つか》んだ手がかりをもって西本家をあとにした。

9

一縷《いちる》の望みをかけて、もう一度ご近所に話を聞きに行ったけれど、期待した成果は得られなかった。肩を落としてトボトボと西本家の前に戻る。

「皆さん、知らないみたいでした」

「息子も猫のことはわからないそうだ。飼ってたことすら知らなかったらしい」

「そうですか……」

天堂の報告も捗々《はかばか》しくはなかった。電話で確認したところ、西本の家族は誰もペットの存在を認識していなかったどころか、父親が猫を飼っていたことに驚いていた。

昔は動物が嫌いな潔癖な性格だったらしい。犬を飼いたいと必死に訴えても首を縦に振ることはなかったのに、と信じられない様子だったそうだ。

「近所の動物病院に聞きに行ってみるか。猫を飼ってたなら、どこかにかかりつけがあるはずだろう」

「あっ、そうか！　手分けして行ってみましょう」

スマートフォンで検索すると、この近くに動物病院は三軒あるようだ。とりあえず、そこから話を聞きに行ってみよう。踵《きびす》を返そうとした偲に、天堂が何気なく訊《き》いてきた。

「ところで、あの子は？」

「え？」

振り返ると、電信柱の陰からチラチラとこちらの様子を覗《うかが》っている女の子がいる。さっき近所の家で顔を合わせた栞のようだ。

「さっき聞き込みに行ったお宅のお嬢さんだと思います」

「俺たちに何か用か？」

天堂が声をかけると、栞はびくりと身を小さくして猫のように隠れてしまったけれど、意を決した様子で姿を見せた。

「あっ、あの！　小野《おの》栞と言います。お兄さんたちは西本のおじいちゃんの家で何をしてるんですか？」

何をと言われると返答に困る。霊がどうこうという話をするとややこしくなるため、当初の目的だけ偲から告げることにした。

「西本さんの息子さんから家を区に寄贈したいって言われて調査に来ました」

「それじゃあ、この家は壊しちゃうんですか？」

「それはまだわかりません」

寄贈自体も決定したわけではない。このまま『問題』がなくならないようなら、区で引き取るのも難しくなるだろう。

「すぐ壊すことになるんですか？　中にあるものは違うところに持っていったりしますか？」

「もしも寄贈が決定した場合、不要品は業者に引き取ってもらうことになると思うけど、何か気になることでもあるんですか？」

「それは――」

栞は口籠もる。本当のことを言うか言うまいか迷っているといわんばかりの表情だ。もしかしたら、彼女は何か知っているのかもしれない。

（慎重に聞き出さないと……）

警戒されたら、逃げられてしまいかねない。腫れ物に触るように言葉を選んでいた偲を余所《よそ》に、天堂はずばり訊いた。

「なあ、君。近所に住んでるなら、この家の噂《うわさ》聞いたことないか？　敷地《しきち》に入ると心霊現象が起こるって」

赤裸々な問いかけにぎょっとする。いきなりそんなストレートに訊いたら、胡散臭《うさんくさ》がられかねない。

子供のときはオカルトが身近にあった。皆、怪談が好きだったし、肝試しなども喜んで参加していた。それでも、偶が『見える』と言えば嘘《うそ》つき扱いをされたものだ。

誰しも怖がることを楽しみながらも、幽霊なんているわけがないと思っていたのだ。

「聞いたことはありますけど、そんなの嘘です」

栞はムッとした顔になった。

（あれ？）

想像とは違った反応だ。子供っぽい噂話《うわさばなし》だと一蹴するか怯えるかのどちらかだろうと思ったのに、栞は怒っている。

「どうしてそう思うんだ？」

「だって、私が入ってもそんなこと起きなかったし」

どうやら、西本家について悪評が立つことに異論があるらしい。そういえばさっき、おじいちゃんと呼んでいた。西本氏と交流があったようだ。

「天堂さん⁉」

「いつ入ったの？」

「あっ、それはその……っ」

悪事の暴露をしてしまったことに、天堂の問いで気づいたらしい。不法侵入を咎《とが》められると思ったのか、栞はしどろもどろになった。

天堂は畳みかけるように質問を続ける。

「大丈夫。誰にも言わないよ。ところで、西本さん家に入ったことがあるなら、茶色の毛並みの女の子を見かけたことはないかな？」

「えっ、ね、猫ですか？」

ギクリ、という効果音が聞こえそうなほど、動揺が顔に出た。

完全に目が泳いでいる以上、自白したも同然だが、天堂はさらに追い打ちをかけた。彼女の肩についた動物の毛らしきものを「失礼」と言って摘《つま》み上げた。

「茶色の毛並みとは言ったけど、猫とは言ってない。これ、猫の毛だよね？　栞さん、何か知ってるんじゃない？」

「……っ」

栞は追い詰められた小動物のように小さくなっている。

「やっぱり、西本さんの猫は君のところにいるんだね」

「……はい」

観念した様子で頷《うなず》く。

「あの！　でも、おじいちゃんに頼まれてたんです！」

「西本さんに？」

「もしもおじいちゃんがキナコの面倒が見られなくなったら、私に面倒を見て欲しいって。西本のおじいちゃんが亡くなったって聞いて、急いでキナコの様子を見に行ったんです。合鍵の場所は知ってたから、それで……」

「家につれて帰ったってことか」

「……はい」

友達同士の約束ではあったが、周りの大人には内緒のことだった。だから、後ろめたさを抱えていたのだろう。

「栞さんは西本さんと親しかったんだね」

「はい、大切なお友達です」

ぐっと顔を上げて、力強くそう言った。「ああ、すまん。君を責めるつもりは全くない。実は俺は祓《はら》い屋でね。人や物に取り憑《つ》いている悪いものを祓うのを生業にしてるんだ」

「祓い屋？　区役所の人じゃないんですか？」

まだどこか警戒心が残っている。

「区役所の人は彼だけだ。俺たちはあの家に囚《とら》われてる西本さんを〝成仏〟させたくて協力してるんだ」

「本当に西本のおじいちゃんの霊がいるんですか?」

「ああ、どうもこの世に未練があるらしくて。それさえ解消されれば安心してあの世に行けるはず。それが何なのか、心当たりがあるんじゃないのか?」

「未練——どうしたらいいですか!? 私、なんでもします!」

「君が西本さんの友達ならお願いしたいことがあるんだけど——猫を連れて、一緒に西本さん家に来てもらえないかな?」

「キナコと一緒に?」

「うん、一緒に。危ない目には絶対に遭わせないって約束する」

栞はしばらく迷っている様子だったが、恐る恐る顔を上げ、緊張した面持ちで言った。

「——わかりました。あの、でも、家族には内緒にしてもらえますか?」

10

栞は一旦家に戻り、キナコを入れたキャリーバッグを抱えて戻ってきた。

「靴のまま足にこれつけて。少し片づけたけど、埃《ほこり》が凄《すご》いから」

天堂は栞にシューズカバーを手渡す。土足で上がることに抵抗があるようだったが、廊下の汚れ具合に納得したようだった。

キャリーバッグを下ろすと、キナコがニャアニャアと何ごとかを主張し始めた。

「キナコを放してもいいですか？」

「久々の里帰りだもんな。窓は閉め切ってるから大丈夫だよ。埃が凄いからあとで足を拭いてあげて」

「はい」

キャリーの扉を開けると、キナコはするりと出てきて、真っ直《す》ぐ居間へと向かっていった。偲たちもそのあとを追う。

「あっ、足元気をつけて下さい」

さっき多少は片づけたけれど、床にあった物を丁寧に積み上げ直しただけだ。近くを大型トラックが通ればその振動で崩れかねない。

「ありがとうございます。よくここでおやつ食べさせてもらいました」

玄関を上がってすぐのところにある台所を覗《のぞ》いた栞は、懐かしそうにそう言った。

この家は古いタイプの作りで、食事は台所で取るスタイルだったようだ。食卓の向こうにはシンクとガス台が見える。

さっき見て回ったところ、家の中は雑多なもので溢《あふ》れかえっているわりには、シンクの中は綺麗《きれい》なのが印象的だった。

「栞さんはよく遊びにきてたんですか？」

「私、お祖母《ばあ》ちゃんが一緒に暮らすようになるまでは、一人で留守番することが多かったんです。そしたら、一人は危ないからウチにおいでって。お母さんが帰ってくるまで、宿題を見てもらったりしてました」

栞の語る西本は、近隣で聞き込みをしたときとは全く印象が違う。彼女にとっては面倒見のいい優しい人物だったようだ。

「おじいちゃんが庭でキナコを保護したときに相談されたんです。ミルクとかトイレとかどうしたらいいかって。それで動物病院の場所を教えて、足の悪いおじいちゃんの代わりに私が買い物に行ったりして。キナコの名前もつけさせてくれたんですよ」

ポツポツと栞が語る思い出が、まるで見てきたかのように鮮やかに脳裏を過《よぎ》る。さっきの霊視の余韻が残っていて、この家に刻み込まれた記憶が伝わってきているのだろう。

「一緒にあの子の面倒見てたんですね」

「はい。でも、小学校卒業する前くらいにここに来てるのがお母さんにバレて怒られちゃって、そうしたらおじいちゃんももう来ちゃダメだって」

近所と揉《も》めごとを起こしている人物に、娘を近づけたくないだろう。二人の仲がどんなに良好でも、親なら心配して当然だ。

「突然、猫を連れて帰ってお母さんたちビックリしなかったんですか？」

「友達に頼まれたからって必死に頼んだら許してくれました。でも、お母さんたちは友達がおじいちゃんのことだとは知りません」

「だから、お母さんには内緒にしたいんですね」

こくりと頷く。

居間の手前で待っていたキナコを栞が抱き上げる。

「おじいちゃんはここにいるんですか？」

「ああ。猫の帰りをずっと待ってるんだけど、まだ警戒してるみたいだな」

天堂がいるからか、最初に足を踏み入れたときのような霊障は抑えられている。だが、空気は張り詰めたままで、キナコも居間に入ってこようとしない。

どことなく息苦しく、早くこの場から立ち去りたい衝動に駆られる。

「偲、じいさんに話しかけてみろ」

「え、俺が？」

「俺じゃダメだけど、お前なら〝話して〟もらえるはずだ」

天堂の手が偲の背中に優しく触れる。それだけで不思議と力強さを覚え、背筋が伸びた。

「や、やってみます」

深呼吸を二回したあと、思い切って声を張った。

「あっ、あの！　R区環境部生活環境保全課の青柳と申します！　以前、息子さんからこちらのお宅について相談を受けて参りました。お困りのことがあるようですが、よろしければ力にならせてください」

偲が必死に言い募ると、一瞬、微《かす》かだけれど感情が触れた。張り詰めていた空気も少しだけ緩んでいる。

「何か私にお手伝いできることはありませんか？　やり残したことがあるから、ここを離れられないんですよね？　お話だけでも――」

瞬《まばた》きをすると、そこに目を細めて猫を撫《な》でる老人の姿が現れた。シルエットはおぼろげで、向こうが透けて見える。在りし日の彼の姿なのだろう。

苛立《いらだ》ちと不安でピリピリとしていた空気が、穏やかなものになっていた。

実体はないとわかっているのに、偲は思わず無意識に手を伸ばしていた。指先が触れた瞬間、頭の中に映像が流れ込んできた。

「……！」

この光景は庭だろうか。

どんよりと曇った風の強い日、みゃあみゃあと鳴く声が煩《うるさ》くて、追い払おうと下駄《げた》を履いて庭に下りた。

鬱陶しく思っていたはずなのに、素足に擦り寄る子猫のいとけない姿に絆《ほだ》され、思わず抱き上げてしまった。

ストーブをつけ、抱いて温めてやると安心して眠ってしまった。翌朝、小さな友達に相談すると、一番近い動物病院を教えてもらった。

名前は『キナコ』。つけてくれたのは小さな友達だ。丸まって眠っている姿がきなこ餅のようだからキナコ。

懐いてくる小さな存在が愛《いと》おしくなり、寝不足になりながら慣れない世話を必死にやった。みるみる元気になっていき、段ボールの外まで行動範囲が広がった。

外は病気や交通事故の危険があると教えられたから、脱走できないように家のあちこちを塞いで回った。

縁側との境にある障子をあちこち破り、ジャングルジムのように登っていく。得意げな顔で見下ろされれば、怒る気にもなれなかった。

糞《ふん》をして花壇を荒らしていく野良猫を疎ましく思っていたけれど、一緒に生活することで頑《かたく》なな心が癒やされていった。

猫とはこんなにも可愛《かわい》かったのか。もっと早く知っていたら、妻にねだられたときに飼っていたのに。あいつなら、さぞや可愛がったことだろう。

胸が苦しい。

どうして、俺の心臓はこんな不良品なのか。

あの子のことが心配でたまらない。

あの子を看取《みと》るまでは死ねないと思っていたのに、もう体が動かない。

後悔の念が押し寄せてくる。

もっと自分の体に気をつけておけば。

こんなことになる前に、あの子を手放すべきだった。

あの子さえ傍《そば》にいればいいと思っていた。

あの子にだって、俺しかいなかったのに——。

「……っ」

走馬灯のように流れてくる映像に胸が苦しくなり、涙が知らずと零《こぼ》れてきた。色褪《いろあ》せた畳の上に、ぱたぱたと涙の粒が落ちる。

そっと偲の肩に天堂の手が置かれる。

「……なるほど、確かにこれじゃ心配でここから離れられないな」

栞の様子を覗《うかが》うと、涙を必死に堪《こら》えている様子だった。二人にも偲の見た光景が見えたのだろう。

「おじいちゃん！　栞だよ。ごめんね、黙ってキナコ連れていっちゃって。おじいちゃんがいなくなってから、うちで一緒に暮らしてたんだ。ほら、一緒に帰ってきたよ」

栞がそう呼びかけると、キナコが栞の腕の中から飛び降りた。そうして、西本の定位置と思《おぼ》しき座椅子の上でゴロゴロと喉を鳴らし始めた。

「キナコ、よかったね。ずっと会いたがってたもんね」

西本老人がキナコを撫でる姿が見える。頭を擦《こす》りつけて甘える様子に胸が詰まった。お互いの存在を恋しく思っていたことがよくわかる。

「おじいちゃん、キナコは私と暮らしてもらっていいかな？　一生大切にするから」

栞は切々と語りかける。

ふと、栞の頭を撫でる優しい手が見えた。

「……！」

栞は振り返って、偲や天堂に潤んだ目を向けた。

「うん、いま頭を撫でてくれてた」

「ありがとう、おじいちゃん。おじいちゃんも元気でね……って、死んじゃったのに変かな。でも、ちゃんと体大事にしてね」

栞の言葉に同意するかのように、キナコがにゃあと鳴いた。

――どうか、この子をよろしく頼んだよ。

優しい、穏やかな声。そうして、ふっと気配が消えた。室内に満ちていた張り詰めた空気も、いまはもうない。

「おじいちゃん？」

「西本さんは旅立ったよ」

「……行っちゃったんだ」

栞はキナコを抱き上げ、頬を濡らす涙をトレーナーの袖で拭った。

「ありがとうございました。お陰でお別れが言えました。お葬式も行けなくて、お墓参りもどこに行けばいいかわからなかったから」

偲の頬にも濡れた感触が伝う。気づかぬうちに泣いていたようだ。同じように手で拭い、笑みを返す。

「こちらこそ協力ありがとう。本当に助かったよ」

「あっ、あった！」

栞は座椅子の上にあった魚の形のぬいぐるみを大事そうに拾い上げた。生地は毛羽立ち、薄汚れている。

「ぬいぐるみ？」

「これ、キナコのお気に入りなんです。私が家庭科の授業で作ったものなんですけど、これだけ持ってくるのを忘れちゃってて……」

「だから、家の中のものがどうなるか気になってたんですね」

家財の処分について訊《き》いてきたのは、このぬいぐるみが一緒に処分されないかどうか心配だったのだろう。

「あの、これ持っていってもいいですか？」

本当なら、ゴミだとしても家主の許可なく持ち出すことはできない。だが、西本の息子がこの手作りのぬいぐるみを必要とするとは思えない。

厳密に言えば、キナコを連れ出したことも咎《とが》められるのかもしれない。だが、西本の遺志は尊重されるべきだ。

それが死後のメッセージだとしても。

「もちろん。そのほうが爺《じい》さんも喜ぶだろ。偲もそう思うだろう？」

「はい」

天堂に同意を求められ、偲は力強く頷《うなず》いた。

11

「お疲れ。お前のお陰で助かったよ」

「え、俺は何も」

「あのビジョンはお前がいなかったら見えなかった。爺さんの気持ちを知ることができたのはお前の手柄だ」

「そ、そうでしょうか」

あの走馬灯のような映像も何もかも、天堂の手助けに拠《よ》るものだ。

だけど、いままで鬱陶しいとしか思えなかった体質が、誰かの役に立てたということが何だか嬉《うれ》しかった。

いままで得意なものなど何もなかったし、祖父母以外の人から褒められたことも記憶にない。気恥ずかしさと嬉しさでむず痒《がゆ》くなる。

「でも、俺にできたなら、天堂さんには簡単なんじゃ？」

「物から残留思念を読み取ることはできる。だけど、残念ながら俺の力は強すぎて、霊から話を聞こうとすると威圧することになっちまうんだよな」

「威圧……」

たとえて言うなら、強面《こわもて》なその手の筋の人間に話しかけられたようなものだろうか。何となくわかる気はする。

天堂の近くにいるときの圧倒的な安心感は、彼の〝力〟に拠《よ》るものなのだろう。どんな影も寄ってこられない光のようなものを感じる。

「あっ、あの！　また──」

勢いで言葉を発しそうになり、寸前で思い止《とど》まる。会えますか、などと言ってどうするのか。

今日は過分なほど、偲の我が儘《まま》につき合ってもらった。これ以上図々《ずうずう》しいことを言えるわけがない。

天堂にしてみたら、ただ働きもいいところだろう。偲の希望を告げれば、さらなる厚意を要求することになってしまう。

「ん？」

「いえ、今日はありがとうございました」

丁寧に腰を折り、礼を言う。

彼は曰《いわ》くつきの不動産屋で、偲は課題のある住宅の担当だ。運がよければ、また顔を合わせることができるかもしれない。自分に許されるのは、幸運を期待することくらいだ。

「……っ」

（な、何⁉）

以前よりも力強く、がしがしと頭を撫《な》でられ、困惑する。

「じゃあ、またな」

「！」

天堂の言葉に驚いて顔を上げると、もう彼は愛車に乗り込み走り出していた。

「……あっ、ジャケット！」

今日も返しそびれてしまったことにいまさら気づく。だが、天堂にはすぐに再会できそうな予感もある。

偲は彼のジャケットを胸に抱き、車の消えた方向に落ちていく夕陽《ゆうひ》を眺めた。

二章

焼き菓子の隠し味

1

（うう……暑い……）

今シーズン初の夏日は、偲《しのぶ》の体力を容赦なく削っていた。

いま偲が身に着けているのは、新装開店するスーパーマーケットのマスコットのラッコの着ぐるみである。名前はラッたん。安直ではあるが、覚えやすくていい。

水色のエプロンをつけた可愛《かわい》らしいデザインで涼やかだが、その中はサウナ状態だ。視界も狭く、通気性も悪い。保冷剤を仕込んであるけれど、焼け石に水だ。

あと三十分耐え忍べばアルバイトのシフトは終わる。できる限りの可愛い仕草で、客に愛想を振りまく。

好きでアルバイトを掛け持ちしているわけではない。何故《なぜ》、公務員の偲がこんなことをしているかというと、もちろん一日も早い借金完済のためだ。

偲の職場は、基本的に副職禁止だ。よそでアルバイトしていることがバレたら、クビになるかもしれない。

そのため、同僚に目撃されないよう接客業など外で顔を出すような仕事は避け、給与の支払いも現金払いにしてもらえるところを選んでいる。

いまはどうにか借金を返済しながら生活することができている。だが、公務員の給与がなくなれば、あっという間に首が回らなくなるだろう。

規則を破っていることに後ろめたさはあるけれど、生まれ育った家を守るには他に方法が思いつかない。

（いっそ、宝くじが当たればな……）

叶《かな》わぬ夢とわかっているが、毎回一枚だけ買っては仏壇に供えている。神頼みならぬ先祖頼みだ。

「ん？」

不意に小さな男の子が足元にまとわりついてきた。子猫のようにじゃれつかれ、転びそうになってしまう。着ぐるみが珍しくて興味を引かれたのだろう。

「うわ、ちょ」

思わず声が出たけれどラッたんが喋《しゃべ》って止めるわけにはいかないし、押さえつけるわけにもいかない。

保護者が近くにいないかと周りに目をやるけれど、それらしい大人の姿はなかった。もしかしたら迷子かもしれない。緊急事態なのだから、設定を律儀に守る必要もないだろう。

「君、お父さんとかお母さんはどこにいるの？」

そう声をかけ、肩に触れようとした手は空を切った。

（しまった……！）

生きている人間ではない。そのことに気づいて息を呑《の》んだ偲を見上げた男の子の目は、真っ黒で底なしの闇のようだった。

――あそんで？

「……っ」

ぶわっと鳥肌が立った。

向けられているのは純粋な好意。だとしても、交わるべきではない存在からの執着は喜ばしいものではない。

（やばい、引き摺《ず》られる）

この手の類いのものと目が合ったあとは、体が鉛のように重くなる。

数日寝込むことも少なくない。天堂《てんどう》に教えられたシャットアウトを試してみるけれど、上手《うま》く意識を切り替えられない。

視界が狭くなっていく。酷《ひど》い車酔いになったときのような不快感と吐き気に襲われ、重力が体にのしかかってくる。

「しっかりしろ！」

「!?」

背中をバン！　と叩《たた》かれ、飛びかけていた意識が戻ってきた。両手を強く打ちつけた音だとわかったのは、拝むように合わせられた手が目に入ったからだ。

「大丈夫か、偲？」

「あ、はい、大丈夫です……」

「相変わらず好かれやすいな。もっと背筋を伸ばして、しゃんとしろ」

「気をつけます……って、天堂さん!?」

ぼんやりとしていたせいで気づくのが遅くなったけれど、目の前に立っているのは、他でもない天堂だった。

またもや、彼に助けられたらしい。手を叩いた音で追い払われたのか、さっきの男の子の姿はもうどこにもない。

「お前、こんなところで何やってんだ?」

「ちょっとバイトで──あっ、いや、そうじゃなくて! そうなんですけど、これには深い事情が……ていうか、よく俺のことわかりましたね」

詳しい話をしてやぶ蛇になっても困る。偲は無理やり話題を変えた。

「そんなの見りゃわかるだろ」

「でも、この格好ですし……」

いまの偲は可愛いラッコのラッたんだ。この見た目で中身を特定するのは並大抵のことではない。

「気配でわかる。それに目立ってるからな」

「目立って……?」

確かにラッたんは目立つための格好だが、霊にもアピールしているのだろうか。

「着ぐるみのことじゃない。オーラが無防備になってるから、さっきみたいなのがうようよ集まってきてる」

「げっ」

ラッたんの中からの視界は狭いため、死角が多い。幸か不幸か目に入らずにすんだ悪霊もいたのだろう。そのせいで近くに寄ってくるのを許してしまった低級霊がいたのかもしれない。

慌てて自分の周りを確認するが、ラッたんの口に開いた穴だけでは何もわからなかった。

「可愛いな」

「えっ」

「その格好、似合ってる」

天堂の褒め言葉に一瞬ドキリとしてしまったが、ラッたんを褒められただけだった。

(ていうか、可愛いと言われて喜ぶなよ)

勘違いして勝手にドギマギしているなんて恥ずかしすぎる。

そんなことよりも、天堂に会わねばならない理由があったことを思い出した。

「あの、前に借りたジャケットを返しそびれてすみません」

「ああ、あれお前のとこにあるのか。暑くなったし、しばらく預かっておいてくれ」

「え、でも」

天堂は偲の疑問をスルーして問いかけてきた。

「そうだ、お前このあと時間あるか？」

「え？　ありますけど……」

「ちょっと話があるから飯につき合え。おっさんと飯食ったって楽しくも何ともないだろうけど、その代わりといっちゃ何だが奢《おご》ってやるよ」

「え、俺にですか？」

「他に誰がいるんだよ。嫌なら別にいい」

「いえ！　光栄です！　あと三十分くらいで上がれます！」

まさか天堂に夕食に誘ってもらえるなんて思わなかった。

「そこのサテンにいるから終わったら顔出せ」

「は、はい！」

勢いよく頷《うなず》きすぎて、取れそうになった頭を慌てて押さえる。そんな偲の姿に、天堂が小さく噴き出した。

アルバイトを終えた偲は急いで着替えてから、天堂の待っている喫茶店へと向かう。

「汗臭くないかな」

服は着替え、体を拭いたけれど滝のように汗を掻《か》いたあとでは臭いが気になる。念のため、もう一度制汗スプレーをかけておく。

指定された喫茶店は、スーパーの斜め前にあるアンティークな店構えだ。

昔からあるけれど、そういえば一度も入ったことがない。黒檀《こくたん》風に統一されたドアを開くと、カランカランとドアベルが鳴る。

「いらっしゃいませ。一名様ですか？」

「いえ、待ち合わせで――」

「こっちだ」

天堂は奥まったボックス席でコーヒーを飲んでいた。店員の横をすり抜け、足早に彼のもとへと急ぐ。

「お待たせしてすみません」

「先に食ってたから気にするな。早く座れ」

テーブルの上には飲みかけのアイスコーヒー以外見当たらない。

「食うもん決まったか？」

「あ、じゃあ、天堂さんと同じもので……」

相手が食べていないのに食事を頼むのも気が引ける。

「ご注文お決まりでしょうか？」

「こいつにもいつものやつ。俺のも一緒に持ってきて」

「かしこまりました」

いつものと言うほど常連のようだ。

「天堂さんはよく来るんですか？」

「昔、面倒を見たよしみでな。ここのマスターは若い頃女遊びが派手でな。死ぬほど生き霊引き連れてたのを助けてやったんだ」

「こ、個人情報すぎませんか？」

「大丈夫だ。マスターの持ちネタだからみんな知ってる」

しばらくして届いたのは鉄板の上でホカホカと湯気を立てているナポリタンとサクランボの乗ったプリンアラモードが二つだった。

この組み合わせがいつものセットということなのだろう。

あの甘ったるいお茶は霊力のようなものを回復するためなのかと思っていたけれど、天堂は元々甘党なのかもしれない。

「………………」

「どうした？」

「い、いいえ、何でも……」

「お前、ちゃんと飯食ってねぇだろ。若いんだから、しっかり食わねぇと力出ないぞ。そんなんだから、さっきみたいなのに絡まれるんだ」

確かにあのときは空腹と水分不足でぼーっとしていた。意識が散漫で集中力にも欠けていたように思う。

節約のために昼食をおにぎり一つですませたのがよくなかったのかもしれない。

「さっきの子も、幽霊……なんですよね？」

「ああ。あれは低級霊だ。悪いものになりかけてたな。見かけに騙《だま》されるなよ。あいつらは生きてる人間の同情を誘いやすい姿に擬態してくるんだ。心を寄せると取り込まれやすくなるから気をつけろ」

「擬態……」

一体、本当の姿はどんなものなのだろうか。

「これまでの印象からすると、それぞれの霊の性質は生きていたときの性格が影響してるっぽいな。動物や虫の霊はそんなに多くはないだろう？　未練、怨恨、後悔——そういった念があいつらのエネルギーになるからな。性格悪いやつが多いのはそのせいだ」

確かに明るくサバサバとした雰囲気の霊は見たことがない。

「俺も死んだら悪霊になるかも」

「お前の魂はそんなものになるわけがない。ただ少し傷つきやすいみたいだな」

「はあ……」

言っている意味がわからないが、悪いことを言われているわけではなさそうだ。

「ぼんやりしてないで早く食っちまえ。熱いうちが美味《うま》いぞ」

「そうですね！　すみません、いただきます」

もちもちした麵にケチャップソースの甘さがよく合っている。どんな隠し味を使っているのか、濃厚なコクが口いっぱいに広がり、多幸感で満たされる。

大きめにカットされたソーセージもジューシーで、暑さで減退していた食欲も蘇《よみがえ》ってきた。

「ほっぺたについてる」

真面目な顔でプリンを食べていた天堂が、偲の顔をじっと見てそう言った。

「え、どこですか？」

手で拭おうとするが、鏡なしでは難しい。

「違う、こっちだ」

天堂の手が伸びてきたかと思うと、指で頬を拭われた。そして、彼はその指をぺろりと舐《な》めた。

「!?」

少女マンガのようなシチュエーションに息を呑《の》む。そんな仕草が似合う人間がこの世にいるなんて。

「そういや、何であんなバイトしてたんだ？　公務員ならそれなりの手取りがあるだろ」

「そ、それは――」

天堂に会えた嬉《うれ》しさで忘れていたけれど、服務規程違反を目撃されてしまったということだ。

その疑問は尤《もっと》もだ。そもそも、公務員は国や国民のために働くのが義務であるため、職務を全うすることを優先しなくてはならない。

農業や小規模な不動産投資などは許されたりもするが、基本的に営利目的では許可を得ることは難しい。

「まあ、話したくないならいいんだが」

隠し立てして痛くもない腹を探られるよりは、自らの恥をさらしたほうがいいかもしれない。そう考え、端的に自身の状況を告げることにした。

「……相続した借金がありまして」

「借金？　相続放棄しなかったのか？」

「どうしても祖父の家を手放したくなかったんです」

いまのところは順調に返せている。あと数年頑張れば、完済できるはずだ。

「そうか。偲にとって、大事なものだったんだな」

「！」

「金はどうにでもなるけど、場を手放すと簡単には取り戻せないからな。大変だろうが頑張れよ」

「は、はい！　頑張ります！」

これまで借金の話をすると、考えなしだと呆《あき》れられることのほうが多かった。

どうしても家を残したいなら、庭だけでも売って返済に充てたらどうだとか様々なアドバイスを受けてきた。

人の意見に流されるつもりはない。だけど、否定続きでは心が折れそうになる日もあるのだ。こんなふうに応援してもらえるのは初めてで嬉しくなる。

「あの、バイトのことは職場には……」

「安心しろ。別に口止めなんかしなくても、誰にも言わねーよ」

「助かります」

感謝の念で頭を下げる。

「むしろ、俺のところでバイトしないか？」

「へ？」

「不定期の最低賃金でよければだけどな。やばいとこは危険手当もつける。早速だが明日、一軒寄らなくちゃならないとこがあるんだが——」

「やります！」

間髪を容《い》れずに答えると、天堂は呆れた表情を浮かべた。

「ちょっとは考えてから返事しろ」

「す、すみません。でも、やりたいです」

一晩考えても、自分の気持ちは変わらないだろう。

（べ、別に下心とかではないし）

天堂の仕事を近くでもっと見てみたいだけだ。それ以上の他意はない。そのはずだ。

「じゃあ、頼むな」

「はい！」

偲は嬉しさで声を上擦らせながら返事をした。

2

今日、天堂が出向くのは売買の相談を受けた依頼人のところだと聞いている。売りに出す予定の住宅だが、依頼人はまだそこに住んでいるらしい。

助手として相応《ふさわ》しい服装に思い悩んだけれど、結局普段と同じフーディに綿のパンツというカジュアルな格好になった。何よりも動きやすさが一番だ。

偲が上がり框に腰を下ろしてスニーカーを履いていると、小雪《こゆき》がそっと寄り添ってきた。

「ごめん、今日も留守番頼むね。天堂さんのお手伝いをすることになったんだよ。弟子入りは難しそうだけど、仕事ぶりを見て学んでくるよ」

愛犬の小雪に意気込みを語る。

「できるだけ早く帰ってくるから。じゃあ、行ってきます」

尻尾を左右にゆったりと振る小雪にそう声をかけ、後ろ髪を引かれる思いで玄関を出た。

今日は家まで天堂が迎えに来てくれることになっている。偲は裏の通用口から外に出た。

この古い金属製の扉は開けるのにも閉めるのにもコツがいる。ノブを握って上に持ち上げるようにして押すと、カチリと上手《うま》くはまってくれた。

これが上手くいかないと、鍵を回すのも難しくなってしまう。開けるときも同様で、期せずして防犯対策にもなっている。

プッと短く鳴らされたクラクションの音に振り返ると、天堂の運転するワゴン車だった。

「よう」

「おはようございます！　わざわざ来てもらってすみません」

「別にどこで落ち合おうと同じだしな」

天堂は運転席から顔を出し、偲の家を興味深げに眺めて言った。

「ここがじいさんから継いだ家か。いい場所だな。家だと変なものに絡まれずにすんでるだろ」

「そんなことまでわかるんですか？」

「空気が違うからな。ここから離れたくない気持ちもわかる」

まるで自分が褒められているみたいで嬉しかった。

「ほら、早く乗れ。高速が混んでるみたいだから急がないとな」

「す、すみません！」

急いで助手席に乗り込んだ。祖父の運転していた軽トラックと同じ目線が懐かしい。

「じいさんの工場って何をやってたんだ？」

「印刷屋です。チラシとかパンフレットとか、小口の仕事が多かったです。俺が工場も継げればよかったんですけど、どんどん仕事自体も減ってきて……亡くなる五年前に閉鎖することになりました」

「そういうのは大手に流れていっちまうからな。このへん空き地や空き家が多いけど、再開発の計画でもあるのか？」

「そうなんです。ウチも立ち退きの話があったんですけど……」

提示された立ち退き料は破格だった。それでも、祖父母と小雪との思い出の詰まったこの家から離れるなんて、偲にはできなかったのだ。

「育った場所は離れがたいよな。あんなにいい場所なら尚更《なおさら》だ」

「……っ」

さらりと言われた言葉に胸を打たれる。

立ち退きの話をすると大抵、高値がついているうちに手放せばいいのにとか周りの迷惑になっていると言われることが多かった。

「ところで、俺が行って何か役に立つんですか……？」

アルバイトの誘いを二つ返事で受けてしまったけれど、どうして自分だったのだろう。荷物持ちやアシスタント役なら務まるかもしれないが、いてもいなくても変わりはなさそうだ。

「お前の能力は〝よく見える〟ことだ。自分で言うのも何だが、俺は力が強すぎる。見えていても目に入らないことがある」

「ええと、遠くがよく見える遠視みたいなものですか？」

「そうだ。だから、お前がいてくれると状況を子細に把握することができる」

「なるほど……」

眼鏡のような役割を果たせるということか。天堂のように力が強すぎることには、弊害もあるようだ。

「天堂さんにはお弟子さんとかいないんですか？」

「弟子？」

「そういうお仕事なら、後進も育ててるのかなって……」

「俺はずっと一匹狼《いっぴきおおかみ》だよ。まあ、案件次第で一時的に誰かと組むことはあるが、上下関係とか性に合わなくてな。そもそも俺に後進の育成なんかできるわけないだろ」

「……そうなんですか……」

いままで自分の体質は怨《うら》めしいものでしかなかった。しかし、天堂のお陰で光明が見えたのだ。

もっと彼から学べれば、対処するだけでなく役に立てていくこともできるのではないかと思ったのだ。

(そんなの、俺の都合でしかないよな)

勝手に期待をして、勝手に展望を抱くなんて図々《ずうずう》しい行いだと反省する。

「今日の案件だが、築十年くらいの築浅の住宅だ。そこは父親と息子の二人暮らしなんだ。少し前に母親が事故で亡くなって、一緒に暮らしていた祖父は施設に入ったらしい。二人では広すぎるから、家を売ってマンションに移ろうと思ったんだと」

概要だけでは普通の住み替えのように思える。

「そんなに築浅でも幽霊が出るんですか？　天堂さんに依頼が来たということは、何かあるんですよね？」

「いまのところ個体は目撃されてないが、家を業者が見に来るたびに激しい霊障が起こるらしい。いわゆる、ポルターガイストってやつだな」

「ポルターガイスト!?」

ポルターガイストとは激しい音がしたり、物が勝手に動いたり、触ってもいないのに電気が点滅したりすることだ。ときには発火することもあるらしい。

人が無意識に起こしていたり、特定の場所で発生することもあると聞くが、実際のところはどうなのだろう。

「何だ、そんだけ寄ってくる体質なのに見たことないのか？」

「さすがにポルターガイストは見たことない……思います……」

風一つない美術教室で物が立て続けに落ちたり、人形の向きが変わったりしたことはあったが、ポルターガイストとまでは言えないはずだ。

（いや、あれはそうだったのかも……？）

これまで、そうだと気づいていない霊障もたくさんあったのかもしれない。

「霊は固形物を動かすのは得意じゃないからな」

「そうなんですか」

「基本は精神攻撃だ。不安にさせたり、怒りを増幅させたり――わけもわからず落ち込んだり、無闇に怒りっぽくなったりすることとってあるだろう？　そういう場合、霊の残滓《ざんし》に触れたことが原因だったりするわけだ」

「だから、やたらに不機嫌な人は黒い靄《もや》に覆われてることが多いんですね」

「そうだ。不機嫌なせいで呼び寄せてるってこともある。卵が先か、鶏が先かって話になるけどな。おっと、このへんみたいだな」

話をしているうちに目的地に近づいていたようだ。

「この辺りって元々あった大きな工場が撤退したあとに宅地造成された新しめの住宅街ですよね？」

碁盤目を東西に引っ張ったような並びになっており、ブロックごとに番地が割り振られている。

「多分、その売り出しのときに建てた家だろうな」

似たような家が立ち並ぶ住宅街の中を徐行しながら目的の家を捜す。どの家も道路から数段上がったところに玄関のある作りで、手前には車一台分の駐車場があった。

「この家だ」

オフホワイトの壁にウッディなアクセントが温かみを感じさせる素敵な家だった。

庭の角に植わっているのは柚《ゆず》の木だろうか。寒い時期になればたくさん実がなるに違いない。花壇にはハーブのようなものが何種類か茂っているが、その中には雑草も多く交じ

だ。

っている。

新しく植えられたと思《おぼ》しきものは見受けられない。長い間、手がかけられていないよう

インターフォンを押すと、男性の声が返ってきた。

『はい』

「約束していた天堂です」

『お待ちしていました。いま開けますのでお待ちください』

すぐに玄関が内側から開かれる。

「この度はご足労いただいて申し訳ありません。山岸《やまぎし》と申します」

出迎えてくれた男性は憔悴《しょうすい》した様子で偲たちを出迎えた。半袖のポロシャツにスラックスという出《い》で立ちだ。

天堂だけでなく偲にも名刺を差し出してくれた。山岸和雄《かずお》という名前の上には、会社名と役職が書いてある。偲でも知っている有名な会社で課長をしているようだ。

「こちらこそ、なかなか都合がつかなくてすまない」

「いえ、来ていただけただけでありがたいです。こちらへどうぞ」

山岸はリビングへと案内してくれる。至ってシンプルな室内だった。ソファとテレビ台

はあるけれど、テレビ自体は置いていない。ダイニングには食卓に椅子が四つ。食器棚は金具で壁に固定され、扉も耐震グッズで簡単には開かないようになっている。

対照的に、カウンターの向こうに見えるキッチンは雑多な印象を受けた。

「いま、お茶を淹《い》れますね。コーヒーのほうがいいですか？」

「気遣いは無用だ。まずは線香を上げさせてもらってもいいか？」

「ああ、はい、どうぞ。もちろんです」

仏壇はリビングの奥に続いた七畳ほどの和室に置かれていた。畳に残った日焼けの跡は、ベッドを置いていた場所だったのだろう。

床の間が作られるであろう位置には作りつけの棚があるが、いまは何も置かれていない。

山岸は仏壇の扉を開けて、ロウソクに火をつけてくれた。

「美晴《みはる》です。亡くなって半年になります」

飾られている写真は朗らかに笑う女性のものだ。歳《とし》は三十歳前後といったところだろうか。幼い子を抱いていて、背景はどこかのテーマパークのようだ。

天堂が仏壇の前に正座し線香を上げる後ろで、偲も手を合わせた。

「ご丁寧にありがとうございます」

「あの、素敵な写真ですね」

「ずいぶん昔の写真なんです。その、この数年はあまり妻の写真を撮ってなくて」

奥歯に何か挟まったような物言いだ。偲は曖昧に笑って返し、気まずさをごまかそうとわざとらしく室内に視線を向ける。

綺麗《きれい》な家だが、よくよく見てみるとあちこちに修繕の痕跡がある。途中から諦めたのかそのままになっている部分も少なくない。

「ずいぶん派手にやられてるな」

「お見苦しくて申し訳ありません」

「いや、このほうが助かる。下手に直されていると何が起こったのか正確に把握できない」

襖《ふすま》には何か刺さったような穴が開いているし、和室の壁には拳サイズのへこみ、仏壇前の座布団の下には何かを零《こぼ》したような染みもあった。

「あの、これ全部その……ポルターガイストが原因ですか？」

「大体はそうです。家具は固定するようにして、インテリアは全部しまいました」

山岸の返答に引っかかりを覚える。大体、ということはそうではない傷もあるということだろうか。

「生活するにも落ち着かないんじゃないですか？」

「いえ、普段は問題ないんです。大抵、来客があるときだけなので」

「えっ」

それならば、まさにいまが危険なのではないだろうか。何があるかわからないと、周囲を警戒して身構える。

「いまのところ微《かす》かに霊の存在は感じるが、霊障を起こすような悪いものになっていると は思えないな。俺たちは警戒されてないのか？　偲、お前には何か見えないか？」

天堂の言うように、悪い気配は感じない。

「ええと……」

天堂が偲の肩に手を置くと、ぎゅっと感覚が研ぎ澄まされた。室内を見回してみるけれど、先日の西本《にしもと》邸のような映像は見えてこない。

ふと、ふわりと鼻を擽《くすぐ》る香りに気がついた。一旦気づくと、その甘い香りばかり意識してしまう。

祖母がクッキーを焼いてくれたときと同じような懐かしさを誘う小麦粉とバターと砂糖の焼ける芳《こう》ばしい香り。

偲の家でも、祖母が元気なうちはよくクッキーやパウンドケーキを焼いてくれていた。

クリスマスにイチゴの載ったショートケーキを作ってもらったときは感動したものだ。

「甘い匂い……どこかでお菓子でも焼いてるんですか？」

「匂いですか？　ご近所さんかな？　私は花粉症と鼻炎持ちで」

偲の質問に、山岸は怪訝《けげん》な顔をした。彼にはこの匂いがわからないようだ。

「でも、すごい匂いですよ」

鼻炎で鼻が利かなくなっていても、ここまで香れば何かしら感じるはずだ。

「うちは菓子どころか、オーブンはこの二年使っていません」

「二年使ってないということは、以前は使っていたんですね？」

偲の問いかけに、山岸は苦い表情を浮かべた。

「ええ、妻の趣味が菓子作りで。誕生日のケーキはいつも手作りでした。あっ、もしかして……」

彼は何かに気づいた様子で押し黙る。天堂の顔を見ると、思案顔で眉を寄せていた。

「ああ、霊障だな」

天堂の見解に、山岸は表情を強張《こわば》らせた。

「や、やっぱり、美晴が……！　きっと、妻が私たちを恨んでるんです！　だから、あんなふうに――」

「落ち着け。まだ原因が決まったわけじゃないし、悪意は感じない」

天堂に諭され、山岸は平静を取り戻す。

(確かに他の場所みたいな怖さがない)

底冷えするような悪寒を感じることはなく、むしろ包み込むような温かさがある。誰かが待っている家に帰る安心感。

「……失礼しました。でも、他に原因が思い至らなくて」

「ポルターガイストの原因が奥さんかどうかはまだわからない。この匂いとの関連もはっきりしないしな」

「じゃあ、何で……」

「それを調べるために来たんだろ。他の部屋も見ていいか？」

「も、もちろんです」

はっとした様子で、山岸が立ち上がった。

彼の案内で家の中を見て回る。どこの部屋もモデルルームのように綺麗だが、やはりうっすらと埃《ほこり》が積もっている。一番奥の日の当たらない部屋が何となく気になった。

「あそこは？」

「妻の部屋です」

天堂が勢いよくドアを開けたが、その部屋からは何の気配も感じられなかった。

引っ越してきたばかりのように段ボール箱が部屋の端に積み上がっている。置ききれなかったものが詰め込まれているのかもしれない。

中央には小さな化粧台に丸椅子が置かれ、その横のカラーボックスには料理の本が背表紙の高さ順に並べられていた。

机に埃が積もっていないのは、ここだけは掃除をしているのかもしれない。

「本来は物置にしてたサービスルームだったんですけど、寝たきりになった父と同居するようになったときに妻の部屋をここに移したんです。夫婦の寝室は他にあるので、物置みたいなものですね」

部屋の角に置かれた細長い本棚には、隙間なく本が並べられていた。タイトルから推察するに、ファンタジー系の物語を好んで読んでいたらしい。

端に置かれた机の上には小さなミシンと裁縫箱が置かれている。折り畳まれたミシン台などが置かれているところを見ると、ここで家事のあれこれをやっていたのだろう。

小さな窓はあるけれど、偲の身長でどうにか開けられるかという位置にあり、裏の家で遮られているからか日の光は入ってこない。

これではまるで物置部屋だ。

「本来の奥様のお部屋は……」

母親の部屋を作らない場合もあるが、〝移した〟というなら元の部屋があるはずだ。

「リビングの隣の和室がそうです。他に介護用ベッドを置ける場所がなくて、部屋を空けてもらいました」

引き取った父親の介護のために部屋を空けたのだろう。

「きっと、妻はこのことも恨んでいるんです。こんなことなら、最初から妻の部屋をきちんと作るべきでした。設計段階では失念していて、急遽《きゅうきょ》客間を流用したんです」

「そういったことで美晴さんが怒っているのだろうと、山岸さんはお考えなんですね？」

山岸はさっきから妻のことばかり気にしているし、ポルターガイストの原因が妻にあると決めつけている。そのことが気になり、偲は思わず訊《たず》ねていた。

「妻には本当に悪いことをしました。恨まれていて当然です。我慢や負担を負わせておきながら、私は逃げていたんです……！」

「どういうことですか？」

「家の中の傷は大体がポルターガイストに拠《よ》るものなんですが、和室の壁の傷は最近できたものじゃないんです。あれは私の父がやりました」

「え？」

「いまは施設に入っていますが、妻が亡くなるまではうちで面倒を見ていたんです。母が亡くなったあと一人暮らしをしていたんですが、転んで寝たきりになってしまって。父を引き取るときも妻に反対されたんです。施設を探したほうがいいって。でも、私は家族なんだから私たちが見るべきだと押し切りました」

「ああ……」

僅かな説明を聞いただけで、ある程度どういう状況だったのか想像がつく。強引に家に引き取った人物は介護には手を貸さない。よく聞く話だ。

「話し合って妻には仕事を辞めてもらうことにしたんです。ですが、体は動かないのに口ばかり達者な父の面倒は大変だったようで……」

「そうでしょうね……」

協力的な被介護者が相手だとしても、容易なことではない。山岸は相当甘く見ていたのだろう。

「思い返してみれば、父は昔から気分屋で気に入らないことがあるとすぐに母や私を怒鳴りつけるような人間でした。母が亡くなってからは丸くなったと思ってたんですが、近くに当たり散らす相手がいなかっただけだと引き取ってから気づきました」

和室の壁には拳の跡が残る大きな穴が開いていた。いくつか補修の跡もあったから、一度や二度の癇癪《かんしゃく》ではなかったのだろう。

生前の美晴の苦労を考えると胸が痛い。

「お父様はいまはどちらに？」

「施設に入所させました。初めからそうすればよかったのだと後悔しました」

私たちで、と言いながら、実父の世話を妻に全て押しつけ、そして、彼女がいなくなったことで自分の手に余るからと施設へと預けたのだ。

（確かに美晴さんが怒っていてもおかしくはないな）

美晴の部屋に積まれた段ボール箱は、部屋を移動してから、手つかずになっていたのかもしれない。

恨まれているのではと山岸が怯《おび》える気持ちは理解できる。しかし、怒りや失意、悪意などの負の感情は伝わってこないのだ。

素人の偲に判断できることではないけれど、他に要因があるのではないだろうか。

「奥様が亡くなった原因をお聞きしてもいいですか？」

「交通事故です。夕飯の前に買い物に行って、そのときに」

夕暮れの頃は事故が起こりやすい時間だ。夕飯に間に合わせようと急いでいたなら、注意も散漫になっていたかもしれない。

「家の中ではないんですね」

「他の霊が刺激されて活性化されたわけでもなさそうだな。現象が起こるときの共通点みたいなものはあるか？」

天堂は腕を組んで思案する。

「共通点と言われても……。あ、そういえば夜中は起こったことがありません。平日もなかった気がします。最初のうちは記録をつけていなかったんですが」

山岸はスマートフォンを操作し、カレンダーのアプリを開いた。

「詳しい時間までは残してないんですが、大体土日のどちらかか私が休みの平日の午前中です」

「他に共通することは？」

「全部ではないんですが、来客があったときが多いです。家を売るために査定をしてもらおうと思って。購入希望の方が見学に来る日もありました」

「来客のときに起こっていたということは、先日のように侵入者を敵視しているとかでしょうか？」

「だったら、俺たちにも反応してるはずだろう？」

「確かに……」

敵意もなければ、不快感を覚えることもない。部外者に敵意を向けているのだとしたら、偲たちにも攻撃してきてもおかしくはないはずだ。

「そういえば、宅配業者や新聞配達の方が来たときも平気でした」

「現象が起こるときに在宅だったのは山岸さんと息子さんのお二人ですか？」

「はい、いつも一緒にいるときです」

息子の斗真《とうま》を守ろうとしての反応だという可能性も考えられる。偲に執着してくる霊も、周囲に攻撃をして孤立させてくることもあった。

「——大体予想はついた。けど、確認をしないとな」

「え、わかったんですか？」

「まだ仮定だがな」

「どうですか？　どうにかなりそうですか？」

山岸は焦燥感を抑えきれない様子で天堂に詰め寄った。

「もっと調べてみないと、原因は特定できない。だが、買い取るとしたら大体このくらいの金額になるな」

天堂はポケットから出した計算機を叩《たた》いて、数字を提示する。山岸は目を瞠《みは》った。

「えっ、本当にこの金額でいいんですか？」

「相場より安いが、祓霊代《ふつれいだい》を引くとこのくらいだ」

「い、いいえ、充分です！　正直、このまま塩漬けになることも覚悟していましたから」

山岸は一刻も早く家を手放したいのだろう。

（そうじゃなきゃ天堂さんに相談したりしないよな）

天堂にはそう簡単に連絡はつかないはずだ。困り果てた上で人伝《ひとづて》に紹介されて初めて辿《たど》り着くのだ。

「本当にいいのか？」

天堂に念を押され、山岸はこくこくと頷《うなず》いた。

「もちろんです。できることなら、いますぐ引っ越したいんです。父の施設代でずいぶん出費があったので先立つものがなくて――」

そのとき、玄関が開く音が聞こえた。

「ただいまー」

声変わりが始まったと思《おぼ》しき掠《かす》れた声が聞こえてくる。恐らく一人息子の斗真だろう。

リビングに顔を覗《のぞ》かせたのは、偲より少し身長が低めの小柄な少年だった。

目元が写真に写る美晴によく似ているけれど、表情にどこか疲れが見える。いつ家の中で異常事態が起こるかと思うと、憔悴《しょうすい》してもおかしくはない。

「おかえり、斗真。いま、お客様が来てるから斗真は部屋にいてくれるか？」

「客？　もしかして、また不動産屋？」

斗真は不機嫌そうに眉を寄せている。

「あ、いや――まあ、そんなとこだ」

祓《はら》い屋だと紹介することに抵抗があったのかもしれない。山岸は言葉を濁した。

「……………」

「そうだ、斗真。聞いてくれ、今回は買い取ってもらえそうなんだ。ここが売れれば駅前のマンションに引っ越せる。そうしたら、学校に通うのも楽になるし、買い物にもすぐ行けるようになるぞ」

喜色を滲《にじ》ませて報告する山岸とは対照的に、斗真は不機嫌そうな顔をしている。この年頃の子は気難しい。父子で暮らすぎこちなさもあるのかもしれない。

「……俺は引っ越したくないって言ってるじゃん」

「そう遠くに行くわけじゃないだろ。この辺の友達とだって、いままでどおり遊べるわけだし」

「そういう問題じゃないんだって！」

ドン！　と突き上げるような衝撃が来た。

「え、地震？」

揺れが大きくなりそうな気配に緊張感が高まる。課題住宅係に配属される前は、防災課にいた。油断こそが一番の危険だと教え込まれてきた。

「は、早くテーブルの下に……！」

「いや、これは霊障だ」

「え？」

「ポルターガイストだよ」

「……！」

カタカタと家が揺れ始める。いや、家が揺れているのではない。家具が動いているのだ。小刻みな揺れがどんどん大きくなってくる。

「父さんはいつもそうだ。誰の話も聞かないで勝手に決めて、嫌だって言っても決定事項だからって強引に進めちゃうんだ」

「それはお前たちにとって一番いい選択をしようと思って……」

「それが傲慢だって言うんだよ！」

斗真の身を切るような声とともに、ピキッとガラスや照明にヒビが入った。

はっとして天堂の顔を見ると、偲の目を見て頷いた。

「でも、幽霊じゃないのに」

「全ての霊障が死んだ者のせいで起こるとは限らない。生き霊って言うだろう？　生死を問わず皆思念は持っているからな」

小声で説明してもらう。食器棚は動いていない。カウンターの向こうのキッチン内も無事なようだった。

（そうか）

これは攻撃をしているのではなく、無意識に母親の大事にしていた領域を守っているのかもしれない。

「全部お父さんが悪いんだ！　おじいちゃんをウチに連れてきたりしたから！　おじいちゃんがお母さんに酷《ひど》いこと言っても殴ったりしても怒らないし、お母さんに我慢しろって言うだけだったじゃんか！」

「そ、それはその、仕方ないだろ！　おじいちゃんも体が弱ってイライラしてたんだよ。あの歳《とし》になったら言っても聞かないんだし……」

「イライラしてたら乱暴なことしていいの!?　お父さん毎日帰り遅いし、休みの日も一人で出かけちゃうから、お母さん買い物にだってなかなか行けなくて大変だったんだよ？　それなのにお父さんは夕ご飯のおかずに文句つけるばっかりでどうしろって言うわけ？」

「と、斗真」

いままで溜《た》め込んでいたものが爆発したようだ。山岸の話からも薄々妻への無関心が伝わっていたけれど、息子の目線で語られる事実に胸が痛くなった。

「大体、おじいちゃんがあんな時間に我《わ》が儘《まま》言って買い物なんかに行かせなかったら、お母さんが事故で死ななくてすんだのに……！」

シーリングライトの電球がぱりんっと割れる。

「おじいちゃんを施設に入れようって話だって、お父さんずっと無理だって言ってたのに、お母さんが死んじゃったらすぐ決めてきて、そんな簡単にできるならどうして早くしてくれなかったの？」

窓のガラスにぴしりとヒビが入る。

「俺たちの家なのに、おじいちゃんのせいでお母さんが好きなこと何にもできなくなって、家族で遊びに行くのもできなくなって、なのにお母さんが死んじゃったらこの家を売るなんて絶対に嫌だ！　俺はここを出ていかない！　お父さんなんか大っ嫌いだ――！」

斗真が叫んだ瞬間、窓ガラスがバンッと爆《は》ぜるように割れた。

「偲……！」

「!?」

天堂は偲を抱き込むようにして、弾《はじ》けるように割れた窓ガラスから庇《かば》ってくれる。ガラス片はぎりぎりで当たることなく、天堂の周りへと落ちた。父親はローテーブルの陰に避難していた。

「斗真、お前——」

部屋中に飛び散ったガラスの破片は、斗真の周囲には落ちていなかった。まるでバリアにでも守られていたかのような光景で、ポルターガイストの原因に思い至る。

ポルターガイストの原因は美晴の霊ではなく、斗真だったのだ。亡き母への思慕や後悔、父と祖父への苛立《いらだ》ちが形を変えて現れたものだったのだろう。

「俺はずっとここに住む。絶対、売らせないから」

割れたガラス片は斗真を中心にして、部屋の中で嵐のように渦を巻き始めた。悲しみと怒りで力を抑えることができないようだ。

幼い子供のようにわあわあと泣きじゃくる斗真に胸が痛む。天堂は自分の背後に偲を押しやり、嵐の中心にいる斗真に歩み寄った。

「おい、斗真。周りを見てみろ」

「近づくな！」

「大事にしたい家をめちゃくちゃにしてどうする」

「……っ」

室内を見回して惨状に気づいたのか、嵐が弱まった。

「わかってるか？　これはお前が起こしていることだ。ストレスとフラストレーションが、外に影響してしまっている。これを抑えることができるのはお前だけだということだ」

「そんなこと言われたって、どうしろって言うんだよ！」

「感情をコントロールしろ。癇癪《かんしゃく》を起こさないで、自分の気持ちを言語化するんだ。どんなふうに悲しいのか、何に怒りを覚えているのか」

「難しいこと言われてもわかんないよ……っ」

パリンッと電球がまた一つ割れる。

斗真はいま、自分の中に渦巻く感情をどう扱っていいのかわからないのだろう。祖父と愛犬を相次いで亡くし、自暴自棄になりかけていた頃の自分と重なった。

偲は天堂の背後から一歩踏み出した。

「偲、まだ危ないぞ」

心配そうな目を向けてくる天堂に大丈夫だと目で訴え、斗真に近づく。

「斗真くん、俺には君の気持ちわかる気がする」

「あんたになんてわかるわけないだろ！」

「そりゃ、違う人間なんだから百パーセント理解できるわけはないよ。でも、亡くなった家族への後悔なら俺も持ってる。君もずっと後悔してるんだろ？　だから、自分に苛《いら》つくんだよな」

「……っ」

斗真は図星を指されたという顔で押し黙る。

「あのときこうすればよかった、ああすればよかった。自分がもっと勇気を出していればこんな結果にはならなかったのにって。諦めて、呑《の》み込んでしまった言葉をどうして言わなかったのかって思ってるんじゃないの？」

「……！」

斗真は偲の顔を見た。どうしてわかったんだとでも言いたいのだろう。

「俺もいっぱい後悔してる。大事な人にもっと優しくすればよかったし、素直に感謝も伝えたかった、ムカつくやつには文句言ってやればよかったって。君もそうなんだろ？」

一緒にいるのが当たり前のときは、感謝の言葉を口にするなんて恥ずかしいと思っていた。そういうのは日々の態度で示せばいいことだと。

だけど、それでは足りないのだ。

「言いたいことがあるなら、呑み込んじゃダメだ。言葉にしなきゃ伝わらないことがいっぱいあるんだから」

瞬《まばた》きをした斗真の眦《まなじり》から大きな涙が零《こぼ》れ落ちた。

「お、俺、お母さんが大変なの、わかってた。お母さん一人でずっとじいちゃんの面倒見てて、じいちゃん優しいときもあるけど、すぐ大きい声で怒るから、それ聞くのが嫌で……家にいたくなくて逃げたんだ……っ」

しゃくり上げながら、抱えていた罪悪感を吐き出した。

「うん、わかる。大人の怒鳴り声って怖いよな。自分に言われてるんじゃなくても、嫌な気持ちになるもんな。お母さんだって、そのほうが安心だったんじゃないかな」

「でも、俺がいれば、少しマシだったのに……」

「それはいいんだ。子供は安全でいるべきなんだから。誰だって、大事な人には少しでも傷つかないで欲しいって思うから。君だってそうだろう？　お母さんだってそう思ったはずだよ」

「そんなこと言ったって死んじゃったら何にもならないだろ！　俺たちのこと恨んでるかもしれない。許してくれないかも……」

どうしても不安が拭えないようだが、父親の山岸とは怯《おび》え方が違うようだ。斗真は母親に憎まれるのを恐れている。

嫌わないで、見捨てないでと全身で訴えていた。

「許すも何も怒ってないって」

「何でそんなことわかるんだよ！」

また空気が張り詰めかける。このまま耳を貸してもらえなくなるのはまずい。再びガラス片が浮き上がる中、斗真にさらに歩み寄る。

空中に浮いていたガラスが勢いよく頬を掠《かす》めていったけれど、背中を支えてくれる天堂の手の温《ぬく》もりが勇気をくれた。

「君のお母さんなら、まだこの家にいるから」

「え……？」

「この家に入ってきたときから、ずっと甘い匂いがしてる。お母さんが君にケーキを焼いてるんじゃないの？」

「嘘《うそ》だ、そんなの――」

偲は思い切って斗真の手を握った。

天堂に教えられたように〝目〟を開く。すると、ふわっと周囲の雰囲気が一変した。温かくて優しい、日だまりのような空気が満ちている。

「お母さんのクッキーの匂い……？」

感覚が共有され、家中に漂っていた匂いに斗真も気づいたようだ。まだこの家にいる彼女の魂と斗真の記憶が重なって、在りし日の光景が脳裏に浮かぶ。

『お誕生日おめでとう、斗真くん』

『ほら、ロウソクを吹き消して。心の中でお願いごとをするのよ』

『わかった！　ふーっ　あれ？』

『もう一回！　上手にできたじゃない』

『誕生日おめでとう。これはパパとママからのプレゼントだぞ』

三歳の誕生日パーティのようだ。ご馳走《ちそう》の並んだ食卓を家族三人で囲む姿は幸せそうだ。

『おかあさん、もうクッキーないの？　もっとたべたい！』

『え、もう全部食べちゃったの？　あんなにたくさん焼いたのに！』

『チョコのやつがおいしかった』

『もう材料がないから、また今度ね。次はいっぱい焼くから今日はごちそうさましよう』

『わかった。やくそくだからね！』

まだ幼い斗真が美晴にクッキーをねだる光景が脳裏に浮かんだ。以前はよく親子でお菓子作りをしていたようだ。

それから、ランドセルを喜ぶ姿や勉強を教えてもらっている様子など、他愛のない日常が浮かんでは消えていく。気づくと、斗真ははらはらと涙を零していた。

「……っ」

「斗真、見えるだろう？」

天堂は指を差して、キッチンのほうを見るように促す。

そこにはボールを抱えて泡立て器をリズムよく動かすエプロンをした美晴の姿があった。

「お母さん……！」

斗真の呼びかけに、美晴が顔を上げる。息子の姿を見つけたのか、嬉《うれ》しそうに微笑《ほほえ》んだ。

「お母さん、何で俺を置いて死んじゃったの？　今年の誕生日にはケーキを作ってくれるって、クッキーもたくさん焼いてくれるって約束したのに……！」

ぼろぼろと涙を零しながら、堰《せき》を切ったように訴える。

――ごめんね、お母さんドジで。ケーキ作りたかったんだけど、斗真くんには食べてもらえないみたい。

美晴は斗真との約束を守りたくて、ずっとケーキを焼いていたのかもしれない。甘い香りはそのせいだったのだ。

「お母さん、ずっとここにいてよ。勉強もお手伝いもちゃんとやるから！　わがままも言わないし、朝も自分で起きるから！」

斗真の懇願に、美晴は困ったように笑う。その表情にタイムリミットが近いのだと感じた。

「幽霊だっていいよ！　前みたいに家族三人で暮らそうよ！」

母親を恋しがる気持ちは痛いほどわかる。どんな姿になったとしても、愛する家族には傍《そば》にいて欲しい。

「お母さんをここに縛りつけておくのは勧められない」

「何で？」

「彼女はもう死んでるんだ。容《い》れ物のない魂は傷つきやすい。傷ついて劣化すれば、その存在がよくないものに変質していく」

天堂の言葉に西本の家へ足を踏み入れたときのことを思い出す。抱えた思いばかりが大きくなり、彼自身が薄れているように感じた。

あのまま想《おも》いに囚《とら》われていたら、悪霊のような存在になってしまっていたかもしれない。

確かに美晴の存在も掠れて見える。剝《む》き出しの魂のまま見守り続けていたせいで、摩耗してしまっているのだろう。

「お母さんがお母さんじゃなくなっていくってこと……？」

「そうだ。お母さんが君の知ってるお母さんのうちに解き放ってあげるべきだ」

「で、でも……」

斗真は唇を嚙《か》み締める。そう簡単に頷《うなず》けないのだろう。

「もう一度聞く。お母さんが苦しむことになっても、自分の願いを優先するか？」

「……っ」

天堂の問いかけに、斗真ははっとした表情になった。ぐっと黙り込んだのは、心の中で葛藤しているからだろう。

「じゃあ、ちょっとだけ！　それなら大丈夫でしょ？　一年、ううん、一ヶ月でもいいから一緒にいてよ……」

斗真の気持ちは痛いほどわかる。一分、一秒でも長く一緒にいたい。

啜《すす》り泣く斗真の言葉に、美晴は首を横に振る。そして、彼女は食器棚を指さした。

「え？」

「そこに何かあるみたいだな」

指さされた場所を斗真が探る。すると、引き出しから油染みのついたノートが出てきた。

「ノート？」

美晴の手書きのレシピ集のようだ。

ページを捲《めく》る斗真の手元を後ろから覗《のぞ》き込むと、『斗真のお気に入り！』『これは好きじゃないみたい。分量を変えてみる？』などとコメントがあちこちに書かれていた。

「――もしかして、俺に自分で作れって言ってるの？」

斗真の言葉に、美晴はにこっと微笑んだ。

もう美晴の手作りは食べることはできない。だけど、彼女のレシピで同じ味のものは作れるかもしれない。

斗真は袖口で涙を拭い、顔を上げた。

「わかった。自分で作る。頑張って、お母さんのケーキを作るよ。お父さん、俺だけじゃ上手《うま》くできないだろうから、手伝ってくれる？」

呆然《ぼうぜん》と美晴を見つめていた山岸は、斗真の問いかけに我に返った様子で大きく頷いた。

「あ、ああ！　もちろんだ！　一緒に作ろう。お父さんも料理は下手くそだけど、二人で練習しよう」

二人のやり取りに、美晴は安心したように微笑んだ。

そして、彼女の体がさらに薄くなっていく。

父と子の仲がぎこちなくなってしまったことが、美晴の心残りだったのだろう。〝未練〟が解消され、いままさに旅立とうとしている。

「お母さん、いままでありがとう！　迷惑かけてごめんね！　ずっと大好きだよ！」

もう時間がないとわかったのか、斗真は必死に言葉を重ねる。本人に想いを直接伝えるチャンスはいましかない。

美晴はふわりと斗真の前に来ると同じくらいの身長の彼をそっと抱きしめる。彼女の眦にも光るものが見えた。

「お母さん……」

――幸せになってね。

美晴はじわじわと薄れていき、最後には光の結晶となって消えていった。

さっきまで部屋中に満ちていた甘い香りは嘘のように消え、男四人が荒れた室内に立ち尽くしている。

「……いなくなっちゃった」

「そうだね」

斗真は涙に濡《ぬ》れた目元を手の平で拭い、顔を上げる。

「これ、片づけなきゃね。こんな散らかってたら、お母さん悲鳴上げちゃう」

まだまだ悲しみは癒えないだろうに、斗真は気持ちを切り替えたのか、偲に小さく笑って見せた。一段と大人の顔つきをしている。

「俺も手伝うよ」

「ガラスは危ないから手で触ったらダメだ。箒《ほうき》とちりとりを持ってこい」

「わかった」

三人それぞれが行動しようとしたそのとき、

「斗真！」

「な、何？」

すっかり蚊帳の外だった山岸の声にびくりとした。

振り返ると、山岸が滂沱《ぼうだ》の涙を流していてぎょっとした。

「家を売るのはやめた。二人でここで暮らそう」

いきなりの方向転換に驚きの声を上げる。

「ごめんな、斗真。父さんが悪かった。お母さんにずっと甘えて、面倒なことから目をそらして逃げてた。この家を売ろうと思ったのも、お母さんへの罪悪感に押し潰されそうだったからかもしれない」

「父さん……」

反省の弁を口にする父親に、信じられないといった様子で斗真は目を瞠《みは》っていた。これまでのことを省みるとは思っていなかったのだろう。

「この家には母さんの夢がいっぱい詰まっていたことを思い出した。ここでお母さんに恥ずかしくないよう暮らしていこう」

山岸はおずおずと斗真に手を伸ばす。そして、躊躇《ためら》いがちに息子を抱きしめた。

3

「え、いいの!?」

山岸宅をあとにし、天堂の車で帰途に就いた。

円満に問題が解決してほっとした。

「よかったですね。引っ越さずにすんで。あっ、でも天堂さんは買い取れたほうがよかったんですよね」

「祓霊代《ふつれいだい》がもらえるから問題ない。家は無闇に売り買いするもんじゃないしな。長く住めるならそれに越したことはない」

「天堂さんは不動産屋なのに良心的ですね」

偲の感想に、天堂は小さく噴き出した。

「生き馬の目を抜く業界だけど、全員がガツガツしてるわけじゃない」

いままで出逢《であ》った不動産関係者は出し抜いたほうが勝ち組と言わんばかりの人たちばかりだったから、ユーザーに対して良心的な考えの天堂は新鮮だった。

「もう少し、お母さんと過ごすことはできなかったんですか？」

「今日のケースに関しては無理だな。一週間程度なら問題はなかったかもしれない。だけど、そうやって過ごしたらますます未練が増すだろう？　余計に別れが辛《つら》くなるだけだ」

「――――」

天堂の言うことは尤《もっと》もだ。人間は贅沢《ぜいたく》な生き物だ。ほんの少しでいいと思っていても、手にしてしまえばもっと欲しくなってしまう。

「まあ、悪いモンに変わるばっかりでもないんだけどな」

「えっ」

「守護霊って聞くだろう?」

「はい」

「奉られることで魂の劣化が抑えられて土地神のような存在になる場合もごくまれにある。それには人間の信仰というか想いが必要なんだ。毎日水を替えて、花を供え、祭壇を綺麗《きれい》に保つ。そうすることで剝き出しの魂が守られる。〝個〟が薄れていって、そこに存在するだけのものになるんだ」

亡くなった者を悼む。その想いが魂を包み込むのかもしれない。

「とは言え、簡単なことじゃない。執着、未練、愛情、どれも紙一重だからな。生きている人間がどんなに熱心に奉っても、その魂に僅かでも歪《ゆが》みが生じたらどうすることもできない。彼女の場合は魂が薄れすぎていた。それでも、消え去る直前まで見守っていたかったんだろうよ」

「母親の愛って偉大なんですね……」

自分の家族と比べてしまい、喉の奥が詰まったように重くなる。

ないものねだりをしても仕方がないし、もういい大人なのだから吹っ切るべきだとわかっている。だが、時折自分の中に残る子供の頃の記憶が羨ましく思ってしまうのだ。

「別に母親だから愛情深いってわけじゃないんじゃね？」

「え？」

「母性本能なんて幻想だろ。責任感や愛情は人それぞれで、本能で湧き上がってくるもんじゃないんじゃないか？　俺も女じゃないから実際のところはわかんねえけどな」

「――――」

何気ない天堂の言葉に目から鱗《うろこ》が落ちる。

確かに固定観念があったかもしれない。親は子供を慈しむものだと、それが本来は当たり前なのだと思い込んでいた。

（そっか、人それぞれか）

だとするなら、美晴の愛はとても大きく深いものだったのだろう。

「斗真くんたち、美味《おい》しいケーキが焼けるといいですね」

試行錯誤しながらケーキ作りに挑む斗真と山岸の姿を想像すると、微笑《ほほえ》ましさで思わず口元が緩んだ。

三章

幸せの在処

1

「……っ」

伝い落ちる涙が耳を濡らす不快感に目を覚ます。見慣れた天井に、偲《しのぶ》は夢でよかったとほっとした。どんな内容だったか覚えていないけれど、また悪夢に魘《うな》されていたようだ。

日曜日以降、どうも夢見が悪い。引き上げたタオルケットで涙を拭ってから、枕元を探ってスマートフォンを摑《つか》む。

「……しまった、寝坊した」

ぼんやりとしていた意識が、時計を見た瞬間に覚醒する。普段ならあと十分で家を出ているが、今日は急ぐ気になれない。

「くぅん」

ふと気づくと、心配そうな顔で小雪《こゆき》が寄り添ってくれていた。

「大丈夫だよ、夢見が悪かっただけだから」

偲は無意識に小雪を撫《な》でようと伸ばした手を引っ込める。いまはもうモフモフとした温かな毛並みには触れることができないからだ。

指先がすり抜けるたびに、彼女がもう命ある存在ではないのだと思い知らされる。

それでも、こうして寄り添ってくれていることに感謝している。きっと、偲を一人にするのが心配でこの世に止《とど》まってくれているに違いない。

小雪の姿が見えるようになったのは、彼女が亡くなって一週間ほどが経《た》った頃だった。泣き疲れて眠ってしまった偲が目を覚ますとすぐ横に寄り添っていた。

小雪が死んだのは夢だったんだ！　と嬉《うれ》しくなり、抱き寄せようとして、そうではないことに気がついた。どんなに手を伸ばしても触れられなかったのだ。

肉体を失った魂は変化していくと、天堂《てんどう》は言っていた。小雪のことも〝解放〟させるべきなのだろう。

先日、斗真《とうま》には偉そうなことを言ったけれど、自分は未練を断ち切れていない。もしも、小雪が悪霊になってしまったら、正しく対処できるのだろうか。

「…………」

偲は答えが出せないままのろのろと起き上がり、顔を洗うために洗面所へと向かった。

「いってきます！　留守番頼むな」

小雪に声をかけ、家を出た。次のバスに乗れれば、定時ギリギリに滑り込める。

走りやすいようにカバンを小脇に抱えて家を出ると、閉め切ったままの門の前で薄っぺらいスーツを身に着けた男が三人待ち構えていた。

（……朝からご苦労なことだな）

日々、立ち退きを促す活動に勤《いそ》しんでいる様子だ。以前はあまり姿を見せなかったけれど、依頼者からのプレッシャーが強くなってきたのか焦りが滲《にじ》んでいる。

雨の日も風の日も、真面目に通ってきている。その真面目さがあるなら、もっと普通の仕事につけるのではないだろうか。

三人三様に悪意を身に纏《まと》っているけれど、背の高いひょろりとした体形の色眼鏡をかけたリーダー格の男が一番濃い靄《もや》を纏っている。

彼に引き寄せられるようにして、足元にヘドロのようなものが集まってきている。ばら撒《ま》かれていた生ゴミと一緒にそれらが蠢《うごめ》いていたのは、彼の置き土産だったのだろう。

この男が連れてくる腐敗臭を放つ黒い靄は、どんなに吹き飛ばしてもすぐに集まってくる。

自宅の敷地《しきち》内はいまのところ安全のようだけれど、いつ入ってくるかわからない。自分はともかく、小雪にどんな悪影響があるかと思うと心配で堪《たま》らなかった。

他の二人の曇り具合は然程《さほど》でもないところを見ると、偲への嫌がらせは完全に仕事として遂行しているだけなのかもしれない。

「青柳《あおやぎ》さん、おはようございます。これからお仕事ですか？」

「…………」

男が含みのある笑みを浮かべながら近寄ってきた。鼻を突く腐敗臭に思わず顔をしかめてしまう。

「実は今日は新築マンションのご案内に来たんですよ。ちょっと小耳に挟んだんですが、借金の返済で苦労してるとか」

小耳に挟んだのではなく、グレーな方法で調べたに違いない。きっと、偲の個人情報は彼らに筒抜けになっているのだろう。

相手をすればバスに間に合わなくなる。無視してすり抜けようとしたけれど、小太りで幅のある男と小柄な金髪の男が偲の行く手を阻んだ。

「お役所勤めなのにアルバイトまでしてるんですよね？　あれ？　お役所って副業してもいいんですっけ？」

「何の話ですか？」

一瞬、ぎくりとしたけれど顔に出せば、彼らの思う壺《つぼ》だ。

「大丈夫ですよ、役所にチクったりしませんから。ここを売ればタワマンだって夢じゃない。お一人でこの家に住むのは広すぎるんじゃないですかねえ」

「…………」

「ああ、そうそう！　ペット可フロアもあるので安心してください。大型犬も飼育できますよ。そういえば、どんな犬種を飼われてるんですか？」

門扉に貼られた登録ステッカーを見て、犬がいると判断したのだろうが三年前から新しくなっていないことには気づいていないようだ。

小雪は何故《なぜ》かこの家からは離れられない。一緒にマンションに移ることなど不可能だ。

（離れられたって、引っ越しなんかしないけど）

金額や条件の問題ではないと、どう言ったら伝わるのだろう。

「ここから立ち退くつもりはありません。門河《もんかわ》不動産の方にもそう言っておいてください。失礼します！」

「あっ、ちょっと！」

立ちはだかる男たちをどうにか押しのけ、走り去る。人通りの多い道まで来て振り返ると、男たちの姿はなかった。

「すみません、乗ります！」

ドアが閉まりかけていたバスの運転手に大きく手を振ってアピールすると、発進しかけていた車体を停《と》め、後部ドアを開けてくれた。

他の乗客たちに頭を下げながら乗り込み、全力疾走で上がった呼吸を落ち着ける。乗りたかったバスの次の便だが、渋滞に巻き込まれなければ時間ぎりぎりに間に合うはずだ。

（朝から疲れた）

絶対に折れるつもりはなくても、こう毎日嫌がらせが続くとストレスで参ってしまいそうだ。

もちろん、警察にも何度も通報した。

防犯カメラの映像や被害状況を記録したノートなども見せたけれど、見回りの巡回コースに入れてもらっただけで、それ以上の捜査や逮捕は期待できなそうだ。

弁護士の無料相談にも行ったことがあるが、裁判をして勝ったとしても持ち出しのほうが多くなるのではないかということだった。

結局は我慢比べをして、どちらが先に根負けするかだ。

（絶対、うちは手放さないからな）

亡き祖父母と飼い犬の思い出を守れるのは自分しかいない。偲は知らずに落ちていた視線を上げ窓の外を流れる景色に目を向けた。

2

バス停から区役所まで走り、荷物をロッカーに入れ、自分のデスクにつけたのは始業五分前だった。普段なら三十分前には出勤しているし、学生の時分も無遅刻だったため、どうにも落ち着かない。

「おはようございます。すみません、遅くなって」

先に出勤していた白石《しらいし》に謝ると、笑い飛ばされた。

「大丈夫、遅刻じゃないわよ。でも、青柳くんがぎりぎりなんて珍しいわねえ」

「うっかり寝坊してしまって」

地上げ屋の嫌がらせを受けていたと言えば心配をかけてしまうし、事情が公になれば土地を手放すよう進言してくる人が増えるだけだ。

(寝坊したのは事実だし)

悪夢のせいで眠りが浅いのだろう。最近、朝が辛《つら》い。

「朝ご飯食べてきた？　何だか顔色が悪いわよ」

「いえ、食べる時間がなくて……」

そもそも、朝はあまり食べる習慣がない。コーヒーにたっぷり牛乳を入れて飲むだけだ。たまに前日の夕飯の残りを摘《つま》むことはあるけれど、最近はろくに台所にも立っていない。

「ダメよ、朝ご飯はちゃんと食べないと！　一日の基本なんだから」

「すみません……」

白石に叱られているところに緑川《みどりかわ》がやってきた。

「おはようございまーす。どうかしたんですか？」

「こういうのが遅刻って言うのよ」

「人聞き悪いですね。タイムカードは間に合ってます――って、青柳、お前大丈夫か？　顔が土気色してる」

「そ、そうですか？」

二人から指摘されるということは、そんなに酷《ひど》い顔をしているということなのか。

「でしょ？　朝ご飯はしっかり食べないとって話をしてたのよ」

「仕方ねぇな。ほら、これやるよ」

緑川は自分のデスクの引き出しからチョコレートやエナジーバーを摑《つか》み取り、偲の机にドサリと置く。どうやら、彼も甘党のようだ。

「じゃあ、これも食べて。甘いものと塩《しょ》っぱいものがあれば永久機関の完成ね」

白石も自分の机から何やら出してきた。煎餅やおかき、ジャーキーにチーズ鱈《たら》など酒のつまみのような塩っぱいものが多かった。

「……ありがとうございます」

食欲はなかったが二人の気持ちが染みる。

チョコレートの包みを一つ解《ほど》き、口の中に放り込んだ。舌の上に久々に感じる甘さに、天堂に飲まされた甘ったるいお茶を思い出した。

糖分は脳のエネルギー源だ。天堂が好んで摂《と》っているのは、霊障に対抗するとき体力以上に頭や精神力を使っているからだろう。

「そうだ、緑川くん。今日の午後はちゃんと一緒に現場に行きなさいよ」

「え」

緑川は固まった。

「このところ現場回りサボってばっかでしょ。青柳くんばっかりに負担がかかってるじゃない」

「きょ、今日は行くつもりでしたよ」

そう言いながら、目が泳いでいる。

「緑川さん、一緒に来てくれるんですか？」

「まあ、いつもいつも後輩に任せてばかりじゃ不安だからな」

どう見ても虚勢を張っているようにしか見えなかったが、一緒に来てもらえるのはありがたい。一人でもどうにかなる物件ばかりだが、西本《にしもと》宅のようなことが起こったときに一人では助けを呼ぶのが難しいからだ。

「ありがとうございます、緑川さん」

「お礼を言うことじゃないわよ、青柳くん。仕事なんだから」

白石のツッコミは尤《もっと》もで、ちょっと笑ってしまった。

課題住宅係に異動になったときは落ち込んだけれど、この二人と一緒に働けることになったのは不幸中の幸いだと思う。

3
「はあ……」

緑川はもう何度目かわからないため息をついた。

「今日は周りを確認するだけなんですよね？ ちゃちゃっとすませて帰りましょう」

いま向かっている物件は築五十年を超える二階建ての木造のアパートだ。

書類に拠《よ》れば、諸事情があり取り壊しが難しいため、不審者が入り込まないよう定期的に見回ることになっている。

夏日が続くようになってから、高校生が出入りしているとの苦情が何件か寄せられた。

深夜に灯《あか》りがついていたという目撃情報もあり、最優先で確認に行くことになったのだ。

（小火《ぼや》でも起こされたら大変だからな……）

大きな道を一本入ると、人通りは全くなくなった。

〝課題住宅〟に足を運ぶようになって気づいたことがある。〝何か〟がある家の周辺は妙に静かなのだ。人だけではなく、霊も息を潜めている。

厄介な存在に目をつけられたくないと思うのは、生きていても死んでいても同じなのかもしれない。

「この先の角を曲がったところですね」

「ああ、その突き当たりにある。道も狭いから大型重機が入らないのが悩みどころなんだよな」

「木造アパートですよね？　別に大型じゃなくても、解体は難しくないんじゃ……」

「一息に壊せればどうにかなるかもしれないと思ったんだよ」

「どういう意味ですか？」

「青柳は来るの初めてか。お前も見ればわかる」

「うっ」

件《くだん》のアパートが視界に飛び込んできた瞬間、思わず呻《うめ》き声を上げてしまう。

見るからに淀《よど》んでいる――というより、アパート本体が見えない。黒い霧のようなものが建物全体にかかっており、偲の目にはその全貌を確認することができなかった。

「な、ヤバい雰囲気だろ」

「…………」

緑川の問いかけに、こくこくと頷《うなず》くことしかできなかった。口を開ければ、そこから悪意が入り込んでしまいそうだ。

（シャッターを下ろすイメージで……）

天堂に習ったやり方を思い出す。一度瞼《まぶた》を下ろし、再び目を開ける。

不穏な雰囲気はそのままだが、蔦《つた》の絡まったアパートを目にすることができた。それでも、おどろおどろしさは伝わってくる。

靄《もや》が見えなくなっても、鳥肌が治まらない。

こんな邪悪なオーラを纏《まと》っているアパートの名前は『ハッピーコーポ』というそうだ。

幸町《さいわいちょう》という地名から取ったのだろうが、名前負けにも程がある。

「三年くらい前に寄贈されたんだ。いわゆる事故物件で売れなかったらしい」

「資料で見ました。二人亡くなってるって」

担当する物件のことは、可能な限り調べてから足を運ぶことにしている。

一人目は熱中症による老人の孤独死。発見が遅れ、彼が発見された浴槽は惨憺《さんたん》たる状態だったという。

その後、事故物件となり格安の家賃になった部屋に入居したのは、成人したばかりの若い青年だ。その彼も半年で退居することになった。

「入居者の父親が階段から落ちて亡くなったんですよね？」

「息子に金の無心に来て、揉《も》めて二人で転がり落ちたらしい」

「え、入居者の方もですか？　その方は大丈夫だったんですか？」

「当時、意識不明で入院してるって聞いたけど、その後はわからん。快方に向かってるといいけどな」

「意識不明……」

命があったのは不幸中の幸いだろうか。

「週刊誌でも記事にされてたな。息子のほうは小さい頃から祖父母の世話をしていたらしい。介護から解放されて、独り立ちしたばかりだったみたいだ。そこに父親が金の無心に押しかけてきたんだと」

「ヤングケアラーだったんだ……」

ケアを要する家族の世話や家事などを過度に担い、自らの日常生活が犠牲になっている子供のことだ。学業や就職、友人関係などに影響が出ることが少なくない。

金の無心に来るということは、父親自身も問題のあるタイプだったと推察される。

「階段を上がってすぐの部屋だったのが災いしたんだろうな。そんなこんなで立て続けに二人も亡くなったことで大家はこのアパートを手放すことにしたらしい。で、いつもの流れだ」

「売れなくて、区で引き取ることになったんですね」

この広さなら利用方法は色々と考えられる。区の中心地からは遠いけれど、地域に貢献する施設を建てることだってできるだろう。

「公園にする計画を立てて、取り壊しの日取りも決まってたんだけどな。いざ作業に取りかかろうとした途端、トラブルが続発した。男の幽霊に襲われたって言う作業員も出て、一旦取りやめになったんだ。あれ以来手つかずのままってわけ」

「男の幽霊……」

「見間違いか、集団幻覚か。幽霊は本当にいて、亡くなった二人のどっちかなのか、それとも別のやつがいるのか——誰だっていいか。くそ、またフェンスが壊されてる」

トラブルの考察をしていた緑川は急に悪態を吐いた。

不用意に立ち入られないよう周囲にはフェンスを張り巡らしてあるのだが、生い茂った雑草で隠れた地面に近い部分に人一人が通り抜けられるくらいの穴が開けられていた。

針金の切断面を見る限り、ペンチのような工具で切り取ったようだ。

「騒いでたっていう高校生たちの仕業ですかね」

夏も近づいてきたいま、肝試しスポットとしては最適なのだろう。

（肝試しの何が楽しいんだ）

噂《うわさ》の場所に行かなくたって、幽霊はどこにでもいる。それこそ、雑踏ですれ違った人が幽霊だということも少なくない。ただ、気づいていない人のほうが多いというだけだ。

「せめて登って入れよ。修理の費用が馬鹿にならないってのに……」

少ない予算をやりくりして保全に使っている。その予算の元は区民の税金だ。一円たりとて無駄にはできないというのに。

「あとで応急処置をしておこう。とりあえず、入れなくすればいいからな」

こんなときのために針金や工具を持参してある。

敷地《しきち》内は伸びっぱなしの雑草で覆われているが、手前の三メートル四方ほどは比較的草も少なく開けている。

（高校生が草むしりして広場を作ったのかな）

椅子に使ったのだろうか、ブロックや古タイヤが円陣に置かれており、その内側には使用後の花火や空き缶、スナック菓子の袋が散らばっていた。どこか〝秘密基地〟の雰囲気がある。

地面に押しつけて火を消した跡もあり、ぞっとした。周りには枯れ草もある。火事にならなくて本当によかった。

「いかにもって雰囲気だよな。いっそ見学ツアーでもやって予算を稼ぐか？」

「二人も亡くなってるのに不謹慎ですよ」

「冗談だよ。って、やっぱり顔色悪いな。そこの公園で休んでろ。中は俺だけで行ってくる」

「大丈夫です、俺も行きます」

嫌な雰囲気はするし、恐怖に足が竦《すく》んでいるけれど、こんなところに緑川を一人で行かせてはいけない。偲のこういう悪い予感は当たりやすいのだ。

(俺には天堂さんに習った〝技〟があるんだから大丈夫だ)

何かに襲われても、反撃できる。危なくなったときは、逃げてくればいい。

「正直気乗りしないが、敷地内も確認しておかないとな」

緑川はポケットから何やら取り出し、自分に振りかけ始める。

「何ですかそれ？」

「粗塩だよ。気休めだけどな。お前にもかけといてやる」

何度か深呼吸して覚悟を決めている様子に、彼も怖いのだと気づく。

フェンスの穴ではなく、その横の扉の鍵を開けて中に入る。

「草刈りもしなきゃな……」

「草刈り機の使用申請出しておきます」

伸び放題の雑草をかき分けながら進み、どうにかアパートの外階段の下まで辿《たど》り着いた。

一歩進むたびに足が重くなる。

「おい、本当に大丈夫か？」

階段を先に上っていた緑川は後ろをやっとの思いでついてきていた偲の顔色を見て、眉を顰《ひそ》めた。

「も、問題ありません。ええと、熱中症かな？　水分摂《と》ったらすぐよくなりますよ」

心配をかけないよう、作り笑顔で返す。しかし言葉とは裏腹に、すでに偲の体は重くなっていた。敷地に足を踏み入れた瞬間から、悪寒が止まらない。

いまはターゲットにされてはいない。だが、この場に満ちている悪意が毒ガスのように偲に纏わりついた。

持参したミネラルウォーターを呷《あお》り、さっき白石にもらった塩飴《あめ》を口の中に放り込む。

そして、階段の上にいる緑川を追いかけた。

「やばかったら早めに言えよ」

「本当に大丈夫ですから」

こんなところで緑川を一人にはできない。こんなとき、天堂さんがいてくれたら――。

「そんな紙みたいな顔色で何言ってるんだ。――この役立たず」

「え？」

急に声色が変わり、悪態を吐かれた。

驚いて顔を上げた偲の目に入ったのは、五十がらみの中年の男だった。瞬《まばた》きをすると、緑川の姿に変わる。

(何だ、いまの)

緑川の表情もどこかおかしい。目の焦点が合っていないというか、虚《うつ》ろで覇気がない。

「俺に逆らってただですむと思ってんのか？　俺から逃げられると思うなよ」

「あ、あの、緑川さん？」

「勝手に出ていきやがって！　まずは育ててやった恩を返すのが先じゃねえのかよ、ええ!?」

偲を怒鳴りつける緑川の声もいつもとは違う。丸きり別人のものだ。

(緑川さんじゃない)

違う誰かが彼の中に入り込んでいると気づき、血の気が引いた。

「緑川さん、しっかりしてください！」

「あ？　俺の頭がおかしいって言うのか、おい！」

「!?」

胸ぐらを摑《つか》まれ、揺さぶられる。何かに縋《すが》ろうと、咄嗟《とっさ》に階段の手摺《てす》りを摑んだ途端、映像が頭に流れ込んできた。

『何でここが――』

バイトに行こうとリュックを肩にかけて玄関を開けた青年は、衝撃と共に震える声を発する。

恐怖、嫌悪、憎悪、疑問。様々な感情が渦巻き、パニックに陥りかけていた。

誰にも居場所は知らせず、表札だって出していないのに。

一体、どこからバレたのだろう。

『ずいぶん捜したぞ。父親が息子に会いにきて何が悪い？』

部屋の前に立っていたのは、ニヤニヤと下卑た表情を浮かべた小太りの中年の男だった。色褪《いろあ》せたジャンパーに灰色のスラックスをはき、顎には無精髭《ぶしょうひげ》が生えている。

酒臭い息に濁った瞳。見るからにアルコール漬けだとわかる。

『よくお前なんかが部屋なんて借りられたな。聞いたよ、ここで爺《じい》さんが死んだんだって？　おお、気持ち悪い。まあ、お前には似合ってるよな。おい、黙ってないで何とか言えよ』

父親に肩を小突かれ、顔を顰《しか》める。

『……何しに来たんだ？』

『お、まともに口がきけるじゃないか。今日給料日だったんだろ？　勿体《もったい》ぶらずによこせよ。俺が増やしてきてやるから』

『あんたに渡す金なんかない』

勇気を振り絞って反論する。

『あァ？　誰が育ててやったと思ってるんだ？　本当なら出ていくときに二十年間の家賃くらい耳を揃《そろ》えて置いてくもんだろうが』

『あんたに育てられた覚えはないし、介護費用をもらいたいくらいだ』

毅然《きぜん》と言い返す青年の手は震えている。幼少期から刷り込まれた力関係が、青年を萎縮させているのだ。

『可愛《かわい》がってくれたじいちゃんばあちゃんの介護費用だと？　恩返しの代わりに世話させせ

てやったんだろうが！　この恩知らずが！　いいから寄越せ！』

男は青年からカバンを奪い取り、その中を漁《あさ》る。拒めば殴られ、財布の中身をあらかた奪われていた。

『返せよ！　俺の金だ！』

『仕方ねえな、飯代くらい残しておいてやるよ』

父親はひらりと一枚、千円札を落とす。

『ふざけるな！　それは俺が働いて稼いだ金だ！』

青年は男を追いかけ、摑み掛かる。怒りのあまり冷静さを失っている。

不意を衝《つ》かれた男は勢いに押されてふらついた。

『おい、離せって、うわっ――』

揉《も》み合いになり、そして、二人で階段を転がり落ちていった。ガン！　と頭に感じた衝撃で我に返る。

（いまのって――）

このアパートに残った記憶だ。

いま緑川の中にいるのは、あの父親だ。そして、偲に息子を重ね合わせて詰め寄っているということだろう。

「黙ってないでなんとか言えよ！」

「――――」

咄嗟に大きく息を吸い込み、念動波を放った。

吹き飛ばすイメージで、強く。

「ぐあ……っ」

苦しそうに顔を歪《ゆが》めたあと、緑川は大きく目を見開いた。その瞬間、偲の胸ぐらから手が離れる。ここは階段の途中だ。つまり、バランスを崩せば落ちていく。

「青柳……！」

緑川は慌てた様子で腕を伸ばしてくる。すんでのところで手首を掴まれ、落下していた体が止まった。

「あ、危なかった……。大丈夫か？」

「はい、どうにか……」

引っ張り上げられ、足が階段を捉えることができた。偲が手摺りを握りしめ、ほっとした瞬間――。

――死ねばよかったのに

「……ッ」

男の残念そうな呟《つぶや》きが耳元で聞こえ、ぞくぞくっと悪寒が走る。あの中年の男だと直感でわかる。

「悪かった。信じられないとは思うが、いまのはわざとじゃないんだ。こんなこと言われても信じられないよな。でも、本当にすまない……」

緑川が青い顔をして謝ってくる。確かにいまのは彼がいきなり悪態を吐き、危害を加えてきたようにしか見えない。

だが、偲は彼が悪いのではないとわかっている。

「大丈夫です、信じます。俺もいまから変なこと言いますけど、緑川さん……何かに取り憑《つ》かれてましたよね？」

「!?」

思い切って仮説をぶつけると、それこそ幽霊でも見たような表情になった。緑川の顔には、どうしてわかったんだと書いてある。

「とりあえず、場所を変えませんか？」

「あ、ああ」

このアパートにいるのは危険すぎる。いますぐ退避しなければ。

近くの公園に移動し、自動販売機で加糖の缶コーヒーを買う。以前なら水やお茶を買っていたけれど、天堂に倣い砂糖の多いものを選んだ。

「これ、飲んでください」

「缶コーヒーか。久しぶりに飲むな」

ベンチに並んで座り、冷たい甘さを喉に流し込む。糖分が疲弊した気力を幾分回復させてくれた。

さっき見えた映像は事故が起こったときの記憶だろう。

共鳴しすぎたのか、吐き気と共に血の味が口の中に広がっている。必死に感覚を切り離そうと試みるも、上手《うま》くいかない。

悪意と思考が染み入ってくる。

あの男はいわゆる〝毒親〟だったのだろう。

我が子は自らの所有物。逆らうことも逃げることも許さない。親を差し置いて平穏に暮らすなんて言語道断だ。

家族とは何なのだろう？　血が繋《つな》がっていても、ああして金の無心をし、暴力を振るっては奪っていく。

「……どうしてわかったんだ？」

「俺も、見える質《たち》なので」

思い切って告白する。この状況では秘匿している場合ではない。こうなったら、お互いに手の内を晒《さら》し合うべきだ。

「なるほどな。俺は取り憑かれやすい質なんだ。昔から入り込まれやすくてな」

「だから、現場を避けてたんですね」

粗塩も憑依《ひょうい》対策に持ち歩いているのだろう。世間で霊媒師や霊能力者を名乗っている人間は詐欺師が少なくないため、結局試行錯誤で自衛するしかないのだ。

以前、助けを求めても尤《もっと》もらしいことを言うだけで何の役にも立たなかった。天堂のような本物に出逢《であ》えたことは奇跡としか言いようがない。

「悪いとは思ってたんだが、お前に甘えてた。本当に悪かった」

改めて頭を下げられる。

「いえ、気持ちはわかります。俺も前までは怖くて堪《たま》らなかったです」

「前まで？」

「いまは天堂さん——前に話した不動産業の方に対処方法を教えてもらったので、だいぶ過ごしやすくなりました」

「その対処方法って俺にもできるか？」

「俺にできたんだから、できると思うんですが……天堂さんに訊《き》いてみますね」

天堂は偲の力が上手く働くよう、回路を開いてくれた。あの真似《まね》はできないけれど、心構えくらいは伝えられるかもしれない。

「天堂さんが言うには、悪さをする霊とはメンチの切り合いだって言われました。怯《おび》えるとそこからつけ込まれるって」

「メンチの切り合いね。びびるのがいけないのはわかってるんだが、どうしても怖いんだよなぁ……」

つき纏《まと》われ引っ張られるのも怖いが、勝手に入り込まれて体を操られるのは不安で堪らないのだろう。

「緑川さんは憑依されてる間、意識はあるんですか？」

「ああ。金縛りに遭ったことあるか？　あんな感じで自分で体を動かせないのに、勝手に体が動いたり思ってもないことを言ったりするんだ。それでトラブルになったことは一度や二度じゃない」

「それは困りますね……。もしかして、一人で行動してるのって」

緑川は誰が誘っても一緒に昼食を食べに行くこともない。

「近くに誰もいなきゃまずいことにはなりにくいだろ。白石さんはいわゆる霊感が全くないみたいで、一緒にいるとああいうやつらも寄ってこないから助かってるんだ」

「あ、そういえば……」

悪霊に憑かれてクレーマー化している利用者も白石と接しているうちに穏やかになっていく。もしかしたら彼女はそこにいるだけで清められる体質の持ち主なのかもしれない。

「青柳はどういうふうに見えるんだ？」

「普通に人の姿の霊と悪意が黒い靄《もや》で見えます。あのアパートは全体が靄に包まれていて、最初はどんな建物なのかもわかりませんでした」

「人の姿なら、霊だって見てわかるのか？」

「いえ、気づかないこともあります。すれ違った人の裏側がなかったり、ビルの高層階に張りついてたり、顔がぼやけてたりするので生きてる人間じゃないんだなってわかるんです」

「なんかそれ嫌だな」

「目が合うと逃げるのが難しくなるので、できるだけ視線を合わせないようにしてます」

「だから、いつも俯《うつむ》いてたのか。お互い大変だな……」

「こんな話、なかなか人にできないじゃないですか。正直に話しても、変人扱いされるだけだし、理解してもらえたかと思ったら宗教の勧誘とか」

「わかる。よく虚言癖扱いされた。まあ、信じられない気持ちもわかるけどな」

同情し合う不思議な空気が流れた。今日初めて緑川と打ち解けられた気がする。

「今日は一旦役所に戻ろう。対応を白石さんと相談しよう」

「そうですね」

悪霊に占拠されているからといって、いつまでも放置しているわけにはいかない。区民の財産だ。行政には有意義に運用する義務がある。

それに次の犠牲者だって出かねない。自分たちのように影響を受けやすい者が立ち入った場合、どんな事が起こるかわからない。

(天堂さんに相談できたらいいのに)

先日の帰りに車の中で行方不明だったスマートフォンは無事発見された。いまなら連絡もつきやすいはずだ。まずは白石に話を振ってみよう。

缶コーヒーを飲み終え、立ち上がる。一歩踏み出した瞬間、足に絡みつくような重みを感じた。

4

『おかあさん、あのね』

まだ舌足らずなしゃべり方。目の前の女性を見上げ、話しかけている。

『その話、すぐ終わる？　お母さん忙しいんだけど』

『……やっぱりいいや』

『どうでもいいことで話しかけてこないでくれる？』

『ご、ごめんなさ……』

冷ややかな眼差《まなざ》しに硬直する。喉の奥に粘土が詰まったみたいに、声が出てこなくなった。

その代わり、悲しさで涙が溢《あふ》れてくるけれど、ぐっと我慢する。感情のままに泣きわめくと、うるさいと叱られるからだ。

『……っ』

鼻を啜《すす》った偲を父がぎろりと睨《ね》めつける。

『ああもう、鬱陶しいな！　男の癖にメソメソするな。お前も少しくらい相手をしてやれ。母親だろう』

『は？　あなたの子でもあるんですけど。たまには遊びにでも連れてったらどうなの？　大体、あなたが子供欲しい、面倒見るからって言ったから産んだのに——』

『普通、女なら母性本能が芽生えるもんだろう！』

またケンカが始まった。テレビドラマのように家族で楽しい会話をしたことは一度もない。好きだから結婚したのではないのだろうか。

——あんたなんて作らなきゃよかった。

（お父さんとお母さんがケンカするのは僕のせい？）

——この能なしの役立たずが。

(僕なんて生まれてこなければよかったのに)

(何もかも、僕が悪いんだ)

――邪魔だからどっか行ってくれる？

ワウ！　とすぐ近くで小雪が吠《ほ》える声で目を覚ました。

「小雪……？」

突き刺されたような胸の痛み。動悸《どうき》が激しく、全身にじっとりと汗を掻《か》いていて気持ちが悪い。頭は鈍痛に支配され、ずっと霞《かすみ》がかかっている。

「クゥン……」

「ありがとな、小雪。起こしてもらえて助かった」

昔はあの悪夢でよくうなされていた。落ち着いてきたのは、目を覚ますたびに祖父母と小雪が寄り添ってくれていたからだ。

このところずっと夢見が悪い気がしていたが、幼い頃の記憶がフラッシュバックしていたのかもしれない。

心当たりがあるとすれば、先日の美晴《みはる》と斗真の親子のやり取りだ。彼女らの理想的な親子関係への羨望が、偲のトラウマを呼び起こしたのだろう。直接彼らの記憶に触れるということは、こちらの心も剝《む》き出しになっているということだ。

小雪はなかなか起き上がれない偲の上に乗り、顔の周りをクンクンと嗅ぎ始める。感触はないけれど、擽《くすぐ》ったさを覚えた。

「わかった、もう起きるよ。すぐご飯準備するから」

小雪が起こしてくれたから、今日はいつもより早い目覚めだ。

のそのそとベッドから抜け出し、洗面所で顔を洗う。

「酷《ひど》い顔」

土気色とまでは言わないが、目の下の隈《くま》はだいぶ濃くなっていた。

小雪専用の皿のドッグフードを入れ換え、水も新しいものにする。実際に口にすることはないけれど、山盛りにしてやると嬉《うれ》しそうに尻尾を振るのだ。

この可愛《かわい》さに日々癒やされているが、今日の精神状態はなかなか回復しない。

(よくない感じだな)

昨日のアパートでのダメージと夢見の悪さを引き摺《ず》っていて、胸のあたりに粘土が詰まっているような息苦しさがある。

役立たず――偲もかの青年と同じように罵られていたからだ。偲の両親は暴力を振るってくるタイプではなかったけれど、支配的ではあったように思う。

子供の頃、偲は忙しい日々を送っていた。学習塾に子供英会話、スイミングスクール、ピアノ、習字と月曜日から金曜日まで放課後は友達と遊ぶ間もなかった。

一見すると教育熱心な親だろう。実際はただ子供と触れ合う時間を減らしたかっただけだったとしても。

やむなく送り迎えをしてくれていた母はまだしも、父親は外で会ったらお互いに認識できないであろう程度の関わりしかなかった。

週末は一人で留守番することがほとんどで、両親と出かけた唯一の思い出は父の勤めている会社が開催したバーベキューくらいだ。理想の家族を演じるよう強いられたプレッシャーから、何を食べても粘土を飲み込んでいるようだった。

当時はわからなかったけれど、あれは一種のネグレクトだったのだろう。二人から優しい言葉をかけられた記憶は一切ない。

ないものねだりをしたって仕方ないとわかっている。世の中にはどうしたって得られないものがあるのだ。

とっくに気持ちの整理をつけたはずなのに、どうしていまになって生々しく思い返してしまうのか。

この世界からいなくなりたい。どこか誰も知らないところに行ってしまいたい。小さい頃はずっとそう思っていた。

「……仕事に行く支度しよ」

嫌な記憶を蘇《よみがえ》らせて気を滅入《めい》らせるなんて非建設的すぎる。仕事に集中して、嫌な気分は忘れてしまおう。

例のアパートについては天堂に相談することになった。課題住宅係として正式に依頼するとのことだ。天堂にまた会えると思うと、落ちた気分が少し浮上する。

(酒が飲みたい)

ふと浮かんだ思考に驚いた。

「え、何で？」

アルコールには強くないし、飲み会に行ってもソフトドリンクしか頼まない。そもそも酒の味が好きではないし、酩酊《めいてい》することも苦手だ。

しかし、何故《なぜ》かいまは無性に酒が飲みたかった。どうにも抑えきれない衝動に料理用の日本酒を取り出してしまう。

「何やってるんだ、俺は」

普段飲みたいと思ったこともない酒が欲しいなんて、疲れすぎているのかもしれない。

酒を一息に呷《あお》りたい気持ちはあるが、平日の朝の出勤前に許されることではない。グラスに酒の代わりに水を水道から汲《く》み、一息に飲み干す。

「しっかりしなきゃな」

寝起きから偲を苦しませていた頭痛は酷くなる一方だ。痛み止めの薬の買い置きはあっただろうか。

脇に置いた日本酒の瓶から目が離せない。

仕事に行かないといけないのに。

ちょっとだけなら問題ないんじゃないか。

言わなければ、誰にも気づかれないだろう。

偲はゴクリと生唾を飲み込んだ。

ただひたすらに右足、左足と前へと繰り出す。
一体どれほど歩いただろう。早く行かなくては。
(でも、どこに?)
ふと、行き先がわからなくなった。自分の居場所もすべきこともわからない。
——お前の居場所なんてどこにもない。
——この役立たずが。
そうだった、僕はいらない子なんだ。
僕がいなくなったほうが、みんな幸せになれるってことだよね。
どうしてこんな簡単なことに気づかなかったんだろう。
いつにない清々《すがすが》しい気持ちで一歩踏み出す。これでやっとこの苦しさから解放される。
「偲……!!」
「!? て、天堂さん……?」

天堂がすごく怖い顔をして、偲の手を摑《つか》んでいる。

「お前、いま自分がどこにいるかわかってるか？」

「どこにって……あれ？」

見慣れない景色に、赤く染まりかけた空。

今朝、どうしても我慢しきれずに一口だけ酒を飲んでから、仕事に行く支度をして玄関で靴を履いた。

敷地《しきち》の外に出て、いつもの男たちがいないことに胸を撫《な》で下ろしたところまでは覚えている。けれど、そこからの記憶が全くない。

「絶対に下を見るなよ」

「下？　うわ！」

見るなと言われると見たくなるのが人の性《さが》だ。反射的に見下ろすと、車が激しく行き交う道路があった。天堂が驚きでバランスを崩しかけた偲を引き寄せてくれる。

自分が国道の上を渡る歩道橋の柵の外に立っていることに気づき、血の気が引いた。バクバクと心臓が高鳴り、足も震える。

「見るなっつったろ。引っ張り上げるから摑まってろ」

「は、はい」

天堂にしがみつきながら、出逢《であ》った日のことを思い出した。あの日も霊障で動けなくなった偲を、彼が抱き上げて助け出してくれたのだ。

歩道橋の柵の内側に移動し、ほっと胸を撫で下ろす。トラックが行き交う国道に飛び降りたら、万が一にも命はないだろう。

「ありがとうございます、助かりました。でも、天堂さんはどうしてここに……」

天堂が傍《そば》にいるにも拘《かか》わらず、奈落の上に立っているような不安定な気持ちは治まらない。

「白石さんから連絡があったんだよ。無遅刻無欠勤のお前が出勤してこないって。で、昨日曰《いわ》くつきの物件を見に行ったって聞いたから捜してたんだ」

「俺を捜してくれてたんですか？」

空を見ると、日も落ちかけている。一体、どれだけの時間、夢遊病状態でうろついていたのだろう。

「同僚の緑川っつったか？　あいつの話聞いたら、ヤバいことになってそうだったからな。質《たち》の悪いのに気に入られたな」

「俺に憑《つ》いてきたってことですか⁉」

「同僚に憑いたやつを祓《はら》ってやったんだろ？　そいつがお前にターゲットを変えたみたい

だ。ただ完全に入り込まれたわけじゃない。操り人形状態ってとこか？　隙を突いて種を埋め込まれたようだ。何か予兆みたいなのがあっただろ」

「全然気づきませんでした……。あっ、急にお酒が飲みたくなりました。普段はほとんど飲まないのに」

　あのときの渇望感は異常だった。

「それで飲んだのか？」

「はい、一口だけ……」

「なるほど、それがスイッチだな。普段しないことを無理にさせれば、その後も操りやすくなるんだろう。酒に酔って意識があやふやになれば防御力も落ちるしな。相手も馬鹿じゃないってことだ」

「でも、どうやって俺の居場所がわかったんですか？」

「最初は聞き込みだ。で、立ち寄った場所を追跡したんだよ。まあ、こうして見つけられたのはそいつの足跡があちこちに残ってたお陰もあるけどな」

「足跡……？」

「コンビニで煙草《たばこ》を買ったあと、飲み屋にパチンコ屋。あちこちうろついたあと、ここに来たみたいだ」

「煙草⁉」

喉がいがらっぽく、胃もたれをしていると思ったらずいぶん好き放題されたようだ。財布の中を確認するのが怖い。

「あの、まだ俺の中にあいつが……？」

いまは意識があるけれど、またいつ乗っ取られるかと思うと怖くて堪《たま》らなかった。緑川はこんな不安を感じながら過ごしているのか。

「いま楽にしてやる。ちょっと我慢してろよ」

天堂はそう言って、偲の後頭部を探る。頭皮に触れる指先の感触に身悶《みもだ》える。

「え？　な、何」

「これだな」

何かを見つけた様子で手が止まる。天堂はそれを摑み、引き抜き始めた。

「う……っ」

頭に張り巡らされた根っこをぶちぶちと引き抜かれるような不快な感覚。ぎゅっと目を瞑《つむ》って耐えていると、すぐに終わった。

脳内を覆っていた何かが取り去られ、すっきりとした気分になる。引き抜かれた余韻で頭の芯が痺《しび》れているけれど、それも直《じき》に治まりそうだ。

「楽になっただろう？」

「はい、ありがとうございます……」

　偲に取り憑いていたものが天堂によって駆除されたのだとわかる。

「ずいぶん奥まで入り込まれてたな。あいつらはトラウマを刺激して、感情に誤作動を起こさせたんだろう」

「だから、死にたい気持ちになったんですね……」

　もう、死んだほうがいいかもしれない——自然とそんな気持ちになっていた。決してネガティブにではなく、そうすることが最良の選択なのだという意識で。

　これまで強い希死念慮に襲われたのは祖父と小雪を相次いで亡くしたときだけだ。

　いまは霊体だが小雪が傍にいてくれるとわかっている。どんなにしんどくても、死んでしまったらあの家を守れない。

「まったく、卑怯《ひきょう》な手を使うよな。植えられた種がかなり侵食してたから、全部は取り切れてないかもしれない。大元を断たないとな。とりあえず、帰って休め」

「でも、仕事に行かないと」

「もう夕方だし、そっちは俺が連絡しておく。そんな体調で行っても仕事にならないだろ」

「それなら、連絡は自分でします」

行方不明の自分を捜させてしまった上、そこまで天堂に迷惑はかけられない。

「いいから。お前はもっと人に甘えるってことを覚えたほうがいい」

問答無用で抱き寄せられ、再び顔が胸に埋《うず》まる。

「！」

酸欠になった金魚のように悶《もだ》える偲の耳元に、天堂は甘く囁《ささや》いた。

――おやすみ、偲。

「え、あの、天堂さ……」

催眠術にでもかかったかのように、急激に眠気が襲ってくる。偲は抗《あらが》いきれず、再び意識を失った。

5

「目が覚めたか？」

気がつくと、見慣れた場所にいた。十歳の頃から過ごしている自分の部屋だ。

「どうして俺……」

「悪いな、起きてるとやりにくかったから無理やり眠らせて。寝てる間に悪いものは取り除いておいたから安心しろ」

天堂は偲を家まで送ってくれた上に、処置までしてくれたようだ。脳内にあった違和感はすっかり消え去っている。

「ありがとうございます。助かりました」

「悪意が纏《まと》わりついていたから、勝手に祓わせてもらった。ほとんど祓ったが、まだ糸くずが残ってる。やはり大元を断たなきゃいけない。それまではいくらか影響が残ると思うが、しばらく耐えていてくれ」

「もう大丈夫そうです」

「あと、勝手に鍵借りたぞ。勝手口の扉を開けるのに苦労した。壊してたらすまん」

「いえ、あれは立て付けが悪いので開けるコツがあって――」

説明しようとして、思い出す。

(そうだ、小雪は⁉)

天堂にはまだ小雪の存在は隠しておきたい。一瞬胸が冷えたが、いまはどこかへ身を隠しているようだ。

悪いことをしているわけではないし、偲から見て魂が疲弊しているようには見えない。生きていた頃のようなはっきりとした姿で現れる。

知られたからといって無闇に祓われることはないだろうけれど、別れを勧められたらと思うと小雪の存在を明らかにはできなかった。

「まだ気分が悪いか？　無理するな」

「本当に平気です！　元気になりました！」

小雪のことが心配になったが、気取られないよう空元気を振る舞う。

「今回はまた厄介な物件だったみたいだな？」

「そういう仕事なので……」

あんなに邪気が満ちた場所だとは思わなかった。工事のときに事故や怪我人《けがにん》が出たのも納得がいく。

西本家も強烈ではあったけれど、あれは怒りによるものだった。だけど、あのアパートにいる存在は悪意の塊だった。人を弄んで楽しむ愉快犯。

「お前は早く異動させてもらったほうがいいかもな。上のほうに話ができるやつもいるから、俺が話をして――」

「やめてください！」

反射的に拒否してしまった。

「偲？」

「正直、しんどい仕事ですけど、天堂さんのお陰で少し好きになってきたんです。役立たずのままで逃げ出したくない。いまの部署で一人前に仕事ができるようになりたいんです」

天堂に出逢うまではこの仕事には及び腰で関わっていた。まずいものを見たときは見なかったふりをしてやり過ごしていたけれど、どの家にも誰かの思い出が詰まっている。

もっと真摯に取り組むべきだと反省した。

「ちょっと待て。誰が役立たずだって？」

「え？　いや、あの」

　偲の自己評価に予想外の物言いがついた。

「西本の爺《じい》さんの懸念が解消したのも、斗真と母親の蟠《わだかま》りを解いたのもお前のお陰だろう。そんなに自分を卑下するな」

「す、すみません」

「大体、そんなふうに卑屈だから面倒なやつらに目をつけられてつき纏《まと》われるんだ。もっと自信を持って背筋を伸ばせ」

「善処します……」

　叱られてしまったが、天堂の評価は嬉《うれ》しかった。

　能力を開いてくれたのは天堂だし、西本邸でも山岸《やまぎし》邸でも上手《うま》くいったのは結果論だ。たまたま話の通じる人たちだったから解決することができたのだ。

　自信を持つのは簡単ではないけれど、まずは背筋を伸ばすことはできる。

「──けど、綺麗《きれい》ごとを押しつけられても困るよな。すまん。糸を切るとき、少し見えたんだ。お前の親も褒められたタイプじゃないみたいだな」

「……そうですね。暴力を振るわれたことはないし、お金も渋らずに出してもらえました。けど、いわゆる親子関係ってものはありませんでした」

「この間、無神経なこと言って悪かったな。ほら、日曜日の帰り」

「ああ、母親の話をしたときのことですか。むしろ、天堂さんの意見に目から鱗《うろこ》が落ちました。両親だって親として生まれてきたんじゃなくて、一個人として存在してるんだって当たり前のことがわかってなかった気がします」

「とは言え、彼らに恨みがましい気持ちがないわけじゃないですけどね」

親として接することができないのなら、せめて一人の大人として自分に接して欲しかった。面倒な厄介者として暮らすのは子供には辛《つら》い日々だった。

「俺はお前の両親に感謝してるけどな」

「え？」

「だって、お前をこの世に生んでくれたんだからな」

「……！」

「もちろん幼いお前にした仕打ちは腹立たしいし許されることじゃない。だが、こうして出逢《であ》えたことは僥倖《ぎょうこう》だ。他にもそう思ってる人がいたんじゃないか？」

思いがけない言葉に目を瞠《みは》る。そして、子供の頃の記憶が蘇《よみがえ》ってきた。

――わしらは息子たち……偲の父さんと母さんに感謝してるがな。

――どうしてあんな人たちに……？

――だって、こうして偲と出逢わせてくれただろう？


自分なんて生まれなければよかったと嘆く自分に、祖父母はそう言ってくれた。

（……何で忘れてたんだろう）

あのときは上手く受け止めることができなかったけれど、いまなら二人が向けてくれた愛情の大きさがわかる。

「親だってただの人間だ。子供からしたら絶対的な存在だが、三十路《みそじ》四十路《よそじ》なんてまだまだ未熟者でしかない」

「だからって許せっていうんですか？」

「そんなことはない。むしろ、復讐《ふくしゅう》したっていいくらいだ。そうじゃなくて、取るに足らない存在に必要以上に怖がらなくたっていいってことだ」

「取るに足らない……」

天堂の言葉にはっとする。そんなこと、いままで考えもしなかった。天堂の言うとおり、自分の中で両親は太刀打ちできない大きな存在だった。

子供の頃はモンスターのように感じていたけれど、いまや偲も大人だ。あと数年もすれば、母が自分を産んだ年齢になる。

親から愛されたい、という未練があったから、あの男につけいれられたのだ。

人は得られなかったものに執着してしまうのかもしれない。だけど、そのせいで大事なものを見失うなんて本末転倒だ。

（俺には小雪に祖父《じい》ちゃんも祖母《ばあ》ちゃんもいたのに）

どうして身近な幸せを軽視して、自分を傷つけたできごとばかりを反芻《はんすう》してしまうのだろう。

「明日は金曜だし、仕事は休んで週末養生しておけ。その間に俺が片づけておくから」

「もしかして天堂さん、あのアパートに一人で行くつもりですか？」

「そのつもりだ。お前を苦しめた奴を許す気はないからな」

「……！」

天堂は口の端を持ち上げてニヤリと笑ったが、彼から伝わってくるのは強い憤りだった。

自分のために怒ってくれる人がいることは、力強く頼もしい。

（どうして――）

出逢ったばかりの偲のことをこんなにも気にかけてくれるのだろう。過分な優しさに胸が苦しくなる。

果たして自分は彼に何か返すことができるだろうか。

「あの、俺も一緒に行ったらダメですか？」

「ダメだ。危険すぎる」

「隙を突かれたのは、相手の正体がわからなかったからです。もう対処できます。それに俺がいたほうが状況を把握しやすいんですよね？」

これは自分が巻き込まれた案件だ。最後まで見届けたい。

「……まあ、その場にいてもらえるなら助かるが……。わかった。まずいと思ったら一人で先に逃げること。それが約束できるなら連れていく」

偲の決意が固いことを察すると、天堂はやむなく承諾してくれた。

「約束します！」

足を引っ張るような真似《まね》はしない。

「それじゃあ、今日はもう遅いし行くのは明日の早朝にするか。飯食って風呂入って寝て体調を整えるのが基本だ。今日は泊まっていっていいか？」

「もちろんです！　あっ」

思わず快諾したけれど、小雪のことが気になった。いまのところ話題に上らないということは、上手く隠れられているということだ。

「迷惑なら一度帰るぞ」

「いえ、部屋なら余ってるんで大丈夫です。ええと、その、最近布団を干してないなって思って……」

咄嗟《とっさ》に適当な理由を口にする。

「俺は床でかまわんぞ」

「さすがにそういうわけには……！」

天堂には祖父の部屋で寝てもらおう。そうすれば、偲の部屋にいることができる。

（小雪、ごめん）

このまま一晩身を潜めてもらうしかない。天堂が帰るまで、小雪の存在がバレないことを祈るばかりだった。

6

日が昇り始めた頃に起き出し、朝食を摂《と》ってシャワーを浴びた。頭から冷たい水を浴びることによって、水垢離《みずごり》の代わりになるらしい。

天堂のワゴン車でハッピーコーポへと向かう。近くのコインパーキングに停《と》め、そこからは徒歩だ。

「そういえば、お祓《はら》いに粗塩って効くんですか？」

緑川が常備して、自分の身に振りかけていたことを思い出す。

「全く効果がないというわけじゃないが、相手に拠《よ》るな。例えば規制線のテープがあるだろう？　常識的な人間なら入ったらいけないんだなとわかる。だが、そんなものを気にしないどころか、わざと潜《くぐ》ったり、破って入ろうとする人間もいる」

「何もないよりはいいってところでしょうか」

悪意のない霊なら、そもそも悪影響はほとんどない。防ぎたいのは傍迷惑《はためいわく》な悪霊だ。生きていても死んでいても、厄介者はどこにでもいるということだ。

「おい、見るからに酷《ひど》い状況だな。久々に来たが、こんなに集まってるとはな」

フェンスの前からアパートを眺め、天堂はうんざりとした様子で言った。

「天堂さんはこのアパートに来たことがあるんですか？」

「噂《うわさ》を聞いて見にきたんだ。そのときにここはヤバい霊がいるからどうにかしたほうがいいって声をかけたんだが、胡散臭《うさんくさ》い霊媒師に騙《だま》されるかって追い払われた」

そのときのことを思い出しているのか、天堂は苦笑いを浮かべた。

「全然見えない人はなかなか信じてくれませんしね」

「その大家は住人に拘《こだわ》りのないタイプでな。余所《よそ》では部屋を借りられないような人間が出入りしてたんだ。金さえ入ればいいって。この辺は家があるのに静かだっただろう？　周りの住人とトラブルを起こすことが多くて空き家ばかりになってるんだ」

住人にしたらありがたい物件だったのだろうが、近隣の住民にとっては堪《たま》ったものではなかっただろう。ルールを守り、共存できるのが理想だが、それはなかなか難しい。

「それ以前からも大家が何人も変わっているし、記録が残っていないからはっきりしたことはわからないんだが、大昔に何かを封じた痕跡を感じる。アパートを建てるときにその封が壊れたんじゃないか？　まあ、俺の仮説だが」

「それじゃあ、元々いた悪霊のせいであの男の力が強くなったとかそういう……」

「恐らくそんなところだろうな。割れ窓効果ってあるだろ？　霊だって同じだ。綺麗なところには近づきにくいが、淀《よど》んだところには集まりやすい。あの男とは波長が合ったんだろう。それでこんなに膨れ上がったんだ」

死んでから意気投合しないで欲しい。

「あの男ごと封印し直せないんですか？」

「建物さえなくなれば、封をし直すことはできる。とは言え、建物の取り壊しができないほど、霊の力が強くなってるからちょっと面倒だな。こんなことになるなら、代理人でも立ててとっとと買い取っておけばよかった」

天堂が助言をしたときに対応していれば、持ち主もこの土地を手放さずにすんだだろうに。

「しかし、ドケチで修繕すらしようとしてなかったのに、区に寄贈するなんてよっぽど怖い目に遭ったんだろうな。そういや、ガキどもが肝試しに来てたって？」

「あ、はい。花火のあともあったので、複数人出入りしてたと思われます」

「そいつらも無事じゃないだろうな。こうなったら、根本を絶つしかない」

「それってどうやるんですか？」

西本や山岸の家では、彼らの未練を解きほぐし、自ら旅立ってもらった。しかし、人に危害を加えるために居座っている悪霊に話が通じるとは思えない。

「この間の件のように問題を解決すればどうにかなるって案件はそう多くない。大体は理屈の通らない妬《ねた》み嫉《そね》みだ。逆恨みは一番質《たち》が悪いんだよな。原因が歪《ゆが》んでるから、解きほぐしようがない」

「え、それじゃあ無理なんですか？」

そうなると解決方法はないということなのか。

「心配するな。解きほぐせないってだけで、他に方法はある。こういう案件が一番得意だから安心しろ」

天堂は悪い笑みを浮かべている。頼もしいけれど、どこか怖い。

「一応、状況を確認したい。しんどいとは思うが、その手摺《てす》りを摑《つか》んでもらえるか？」

「……わかりました」

前回のこともあり、抵抗感がないわけではなかった。罵声は自分に向けられていなかったとしても、精神を疲弊させる。

おずおずと手摺りを摑むと、また青年が責め立てられ、暴力を受けている光景が次々にフラッシュバックする。萎縮させようとする強力な支配力。

「う……っ」

強烈な吐き気に襲われかけた瞬間、ぐいっと頭を抱き寄せられ、顔が天堂の胸に埋《うず》まった。

「!?」

全身が温かなオーラのようなもので包まれたことよりも、突然抱き寄せられた衝撃で何もかも吹っ飛んだ。

気恥ずかしさといたたまれなさに、目を白黒させる。気分の悪さなどもうどこにもなく、いまはただ体が熱い。

「悪かった、もう離していい。どういうことかわかった。なるほど、あいつは偲を息子の代わりに自分のところに引きずり込もうとしたわけか。もう何人か連れていったな、このクソが」

天堂は怒りを隠しきれない様子だ。偲には見えなかったものまで見えたのだろう。

「どういうことですか？」

「高校生が出入りして騒いでたんだろう？　恐らくそのうちの誰かが亡くなって、とりこまれてる」

「……！」

高校生の家族は、亡くなった原因が肝試しだなんて想像もしていないだろう。彼らも軽い気持ちで足を踏み入れたはずだ。

「こいつは支配欲が強い生来のクズだ。倫理感や常識なんて欠片《かけら》もないし、餌食になるタイプを見つけるのが上手《うま》い。霊も弱いやつらを支配すれば、力が強くなっていく。あちこちの低級霊を取り込んではデカくなっていったんだろう。ただ、ここから離れられないようだ。だから、お前みたいに種を植えて根っこを張って遠隔で操ろうとしたんだ」

天堂に身を守る術を教えられた偲でさえ、あんなことになったのだ。隙だらけの高校生などひとたまりもなかったはずだ。

「よくもウチのにちょっかい出してくれたな」

ウチの、という物言いにドキリとする。ただの言い回しで深い意味はないと自分に言い聞かせる。

「おい、いるんだろ？　出てこいよ。まさかびびってんじゃねえだろうな」

一段低くなった天堂の声に、ぞくりと背筋が戦《おのの》いた。何もかも凍らせてしまうような冷ややかさで男を挑発している。

「……寒っ」

今日は夏日が予想されているというのに、寒さで鳥肌が立つ。あの男は姿を現そうとしないが、その代わりにヘドロのような黒い靄《もや》が天堂の足元に集まってきた。

「ひっ」

絡みつくように這《は》い上がってくるおぞましい光景に引き攣《つ》った声を上げてしまう。

「この雑魚が」

天堂がそれを軽く蹴ると、黒い靄は怯《おび》えた様子で霧散した。元々口が悪いことは知っている。だが、こんなにも怒りに満ちた表情を見るのは初めてだった。

黒い靄は再び集まり、一つの形を作っていく。柱のようになったかと思うと、人のシルエットを模《かたど》った。あの男だ。

こちらを威圧するように一回り、二回りと大きくなっていく。

「……っ」

理屈ではない本能的な恐怖が心に侵食してくる。思わず後退《あとずさ》ると、天堂がぎゅっと手を握ってくれた。

（……あ……）

温かくて力強いオーラに包まれたような安心感。天堂が守ってくれているのだとわかる。

——よくも邪魔をしてくれたな。生意気な若造が……！

「若造なんて久しぶりに言われたな。確かにあんたよりは若いな」

姿はあの酒浸りの父親なのだろう。

だが、彼の自我は古《いにしえ》の悪霊とあの男、どちらなのか。もしかしたら、もう境目がわからないくらい混じり合っているのかもしれない。

身動きが取れないほどの悪意を向けられているのに、天堂は全く意に介していない。それどころか、相手のほうが気圧《けお》されている雰囲気がある。

――死にたくなければ、いますぐ立ち去れ！

「どうした？　さっきより日和《ひよ》ってるな。俺を取り込む自信がないんだろ」

天堂は挑発を繰り返す。あまり怒らせないほうがいいのではないかと思うのだが、その横顔はどこか楽しそうだ。

「俺はこいつと違って優しくないんでな。悪いが、手加減はできそうにない」

――手加減だと？　舐《な》めたことを……！

悪霊は怒りで暴れ狂い始めた。黒い靄が荒れた海のように蠢《うごめ》いている。そんな中、天堂はすーっと静かに息を吸い、一音一音はっきりと発音した。

「——消え失《う》せろ」


視界が真っ白に発光したかと思うと、アパートに満ちていた悪意が次の瞬間には何もかも消え去っていた。

悪霊の核となっていたあの男だけでなく、柱の裏の埃《ほこり》のような黒い靄まで綺麗《きれい》に浄化されている。影一つ見当たらない。

(——すごい)

力が強すぎると言っていた意味がわかった。西本家や山岸家のときは、彼らを〈解放〉していた。

だが、いまは跡形もない。これは浄化というよりも消去だ。

あんなに重苦しい雰囲気に満ちていたアパートは荘厳な寺院のように清々《すがすが》しい空気をたたえている。

「息がしやすくなりました」

土砂降りの雨の日のような息苦しさがあったけれど、いまは深呼吸をしたいくらい澄んでいる。

「いまのところ、何にもいないからな。これでしばらくは問題は起こらないだろ」

「ありがとうございました。今日の代金は課題住宅係に請求してください」

改めて礼をする。白石には天堂に対応を依頼する許可を得てある。彼への支払いの承認は下りるはずだ。

「別にいらねーよ」

「でも、」

「俺がムカついたから、お前の敵を討っただけだ」

「あ、ありがとうございます」

天堂は自分の内側に入れた人間にとことん寄り添う質なのかもしれない。そうでなければ、こんなにしてもらえる理由がわからない。

「これでわかっただろ？　俺がやるとやりすぎるって。真《ま》っ新《さら》になってるから、早いとこ取り壊して地鎮祭をしたほうがいい。また変なものが棲《す》み着いても面倒だろ」

「白石に話をしておきます」

綺麗すぎるものは汚れやすくもあるということか。

「さすがに疲れたな。とっとと帰るか」

天堂は大きく伸びをする。あっという間に片がついてしまったけれど、それだけ大きなエネルギーを消費したということだろう。

「あ、じゃあ俺はここで。もうバスも走ってますし、一人で帰れます」

「何言ってるんだ。これからお前の家に戻るんだよ」

「え、でも、お疲れでしょうし――」

「まだ片づけることが残ってるだろ」

「は？」

片づけること、とは何のことだろうか。

（まさか、小雪――？）

確認してやぶ蛇になっても困る。背中に冷や汗が流れるのを感じながら、天堂のあとを追いかけた。

7

行く道々、どうやって帰ってもらおうか考えていた。いっそ何もかも小雪のことを話して、猶予をもらうのはどうだろう。

だが、それも許されなかったら、今日が小雪との別れの日になってしまう。焦燥感に駆られているうちに、自宅がどんどん近づいてくる。

「あの、もうここで大丈夫ですから」

「いいから」

結局、断ることも確認することもできないまま、自宅の手前の曲がり角に来てしまった。

「お、いるな」

「え？　誰がですか？」

考え込んで俯《うつむ》いていた顔を上げると、例の三人がせっせと偲の家の前でゴミを撒《ま》き、門や塀にスプレーで落書きをしていた。

まだ時間も早いから、油断したのだろう。先日、偲から思ったような反応が得られなかったため、嫌がらせに精を出しているのだろう。

「……すみません、今日はタイミングが悪かったみたいです。天堂さんを巻き込むわけにはいかないので、ここで降ろしてもらえますか」

あんな場面を天堂には見せたくなかったが、天堂を帰すにはいい言い訳になる。

「いや、むしろちょうどいい。俺も挨拶をしておきたかったんだ」

「は？　挨拶って」

天堂はアクセルを踏み込み、男たちに迫ると、ぶつかる寸前で急ブレーキをかけた。

「!?」

飛び出そうになった心臓を胸の上から手で押さえる。天堂は一体何を考えているのか。

「危ねえな！　何考えてるんだ！」

男たちも怯えた表情をこちらに向けている。人間、自分の常識を越えたことをされれば恐怖を抱くものだ。

天堂はゆっくりと運転席を降りると、男たちに話しかけた。

「お前ら、精が出るな。ずいぶん幼稚な手段だが、嫌がらせは程度が低いほうが効果があるしな」

「あぁ？　てめぇこそ誰だよ」

「彼の身内だ。ここが私有地だってわかっててやってるんだよな。このへんで地上げの真似《まね》事《ごと》してるってことは堀川《ほりかわ》んとこのか？」

「何でそれを――」

小太りの男が零《こぼ》した言葉をリーダー格が咎《とが》める。堀川というのが上司か雇い主の名前なのだろう。

「おい、バラすなよ！」

天堂はおもむろにスマートフォンを取り出すと、どこかに電話をかけ始めた。

「――あ、堀川か？　おお、久しぶりだな。朝から悪いな」

親しげに話している相手は誰だろうか。偲も男たちも固唾を呑《の》んで見守ってしまう。

「お前んとこの若いのどうにかしろよ。俺の身内に難癖つけて迷惑かけてるんだが。そう、印刷工場だった家だ。は？　そんなの知ったこっちゃねーよ。お前がこの先どうなってもいいっていうなら構わねえけどな。じゃあ、頼んだぞ」

事情はわからないが、どうやら話がついたらしい。

詳しい話を聞く前にリーダー格の男のスマートフォンが鳴る。

「お疲れさまです、ボス！　何なんですか、あいつ……え？　いや、でも、せっかくここまで──いえ、すぐ戻ります！　了解しました！」

急に口調が改まる。

「青柳さま、大変ご迷惑おかけしました！　このお詫《わ》びは改めてさせていただきますので、これで失礼します！」

「は？」

いままで偲に酷《ひど》い態度を取ってきた男たちが、ぴしりと背筋を伸ばし、四十五度のお辞儀をして去っていこうとした。

「おいこら、このゴミ放って行く気じゃねえだろうな？」

「い、いえ！　もちろん片づけさせていただきます！」

「ゴミ一つ残すなよ。行くぞ、偲」

天堂の言葉に慌てて掃除を始めた男たちを横目に、先を促される。

「一体何が……」

何が起こったのかわからず、天堂に戸惑いの眼差《まなざ》しを向けてしまう。

「あいつらのボスと顔見知りなんだ。前に助けてやってからの腐れ縁なんだが、話のわかるいいやつだよ」

「そう、なんですね」

漏れ聞こえた会話では脅しているようだったが、深く追及しないほうがよさそうだ。不動産業を営んでいるということは、グレーな界隈《かいわい》の人たちとも接点があるのだろう。

「また迷惑行為があったら言ってくれ。あと、ここの清掃代も出させるな」

「いえ、そこまでしていただくわけには……！」

「こういうのはケジメだから。それじゃ、俺はこれで」

「えっ、帰っちゃうんですか？」

それじゃあ、片づけることというのは地上げ屋のことだったのか。

「まだ出勤まで時間あるので、お茶でも飲んでいきませんか？」

「そうだな、ありがたくちょうだいしよう。お前の犬にもちゃんと挨拶したいしな」

「……！」

さらりと告げられた言葉に息を呑む。天堂ほどの力の持ち主に見つからないわけがなかったのだ。

「ただいま、小雪。いるんだろ？　出てきていいよ」

偲の気持ちを察して隠れていた小雪がおずおずと顔を出す。尻尾が垂れているのは、偲の調子が悪いのを察してのことだろう。

「これがお前の犬か？」

「……やっぱり天堂さんには見えるんですね。三年前に亡くなった小雪です」

「賢そうな顔をしてる。メスか？」

「はい！　よくわかりましたね。いつもオスに間違えられてたのに」

愛犬が褒められて嬉《うれ》しくない飼い主などいない。賢くて美人の自慢の家族だ。

「いつ亡くなったんだ？」

「祖父を亡くしたあと、しばらくして小雪も具合が悪くなってあとを追うようにして……。一人めそめそしてたら、小雪が現れて……俺があんまり情けないから戻ってきちゃったのかもしれません」

「この家を手放したくないのは、この子のためか？」

「違います、俺が離れたくないだけです。俺に残されたのは、もうここしかないから。やっぱり、小雪のことは送り出さなきゃいけないですよね……」

いい加減、腹を括《くく》らなければならない。いつまでもこの世に引き留めていたら、小雪の魂も歪《ゆが》んできてしまう。

わかっているが、どうしても別れがたい。斗真に偉そうなことを言ったけれど、自分のほうが余程未練がましい。

「その必要はなさそうだ」

「え？」

天堂は小雪をしげしげと見分している。偲も最初に出逢《であ》ったときに同じようなことをされた記憶がある。

「人が祀《まつ》ると神に近い存在になると言ったのを覚えているか？　魂が全く傷ついていないし、むしろ強くなってる。何かしていたか？」

「毎日、水とご飯は替えてましたけど……」

生前から変わらぬルーティーンだ。祀っていたつもりはこれっぽっちもなかった。だが、祭壇や仏前にすることと似たようなものだと言えなくもない。

「お前を想《おも》うあまり、土地神になりかけてる」

「土地神？」

「お前の加護はこの子によるものだったんだな。ただ、この場所の呪縛が強すぎて外には出られないようだ。何か離れられない理由でもあるのか？」

「どうでしょう……？　あっ、そういえば、いつも留守番よろしくねって言って出てました」

「それで律儀に家を守らないと、と思ったんだな。そして、お前を守ろうとしてたようだ。服に毛がついてるだろ？　それがお守り代わりになって加護を維持してたんだろう」

天堂は偲の服についた白い毛を指先で摘《つま》んで見せた。

「……！」

三年も経《た》っているのに、まだ小雪の毛が服についていることを不思議に思うことがあった。健気《けなげ》に偲のことを守ろうと思ってくれていたなんて、胸が熱くなる。

「小雪、お前の役目は何だ？」

天堂の言葉に、小雪はくぅんと鳴く。

小雪の首輪に繋《つな》がった鎖が見える。あれは小雪を繋いでいた鎖だ。庭に出すとき、工場のほうに来てしまうと危ないからと祖父が買ってきたものだ。

天堂はパキッと鎖を握り潰し、小雪の拘束を解き放った。

「家に囚《とら》われてたらこいつを守ることなんてできないだろ。きちんと役目を果たせ」

小雪は尻尾を大きく振って、偲の顔をまっすぐ見つめてくる。弾《はじ》かれたように偲に向かって走ってきた。

「……！」

抱き留めようと腕を伸ばすけれど、触れた瞬間目の前がカッと発光した。温かなものが体の中に染み込んでくる感覚を覚える。

「小雪……？」

胸のあたりを押さえると、ふわふわの尻尾がパタパタと振られる気配がする。目の奥が熱くなり、じわりと涙が浮かんだ。

「これからは守護霊として、お前を守ってくれる。これまでどおり、日々供え物をして祀るといい」

「ありがとう、ございます……っ」

いつかは別れることを覚悟していた。こんなふうに傍《そば》にいられるようになるなんて、奇跡としか言いようがない。

「まあ、これでこの土地に拘《こだわ》る必要もなくなったわけだが――」

「そうですね。でも、もう少し頑張ろうと思います」

借金は細々と返せている。

「一つ提案がある。ここの工場の部分を俺に貸さないか？」

「天堂さんにですか？」

「いまは使ってないんだろう？　家賃収入があれば返済の足しになるだろ」

「俺はすごく助かりますけど、天堂さんに何の得があるんですか？」

ありがたい申し出だが、天堂のメリットがわからない。

「あちこちのトランクルームに預けてるものを手元に引き取ってくるだけのスペースを得られるってのと、事務所が開ける」

「えっ、事務所ないんですか!?」

そういえば名刺には住所が書いてなかった。載せていないだけだと思っていたが、まさか住所自体がなかったとは。

「ああ、いまはあのワゴン車が事務所だからな」

「嘘《うそ》でしょ……」

あの雑然とした車で移動以外何の仕事ができるというのか。大雑把な仕事ぶりを好ましいと思っていたけれど、さすがに限度があるのではないだろうか。

「あとは、お前を気に入った。理由ならそれで充分だろ？」

「へ……？」

気に入ったとはどういう意味なのか。偲個人を？　それとも、この能力を？

（どうもこうも、そのままだろう）

だが、偲も天堂が傍にいてくれるなら、これほど安心なことはない。色々習いたいこともあるし、何よりもっと彼のことを知りたい。

「……それじゃあ、お願いします」

「よし、決まりだな」

弾《はじ》けるような天堂の笑顔に、わけもわからず心臓が大きく跳ねた。

8

天堂は早速この週末に引っ越してきた。善は急げと言うが、昨日の今日はさすがに早い。

(本気だったんだ……)

承諾しつつ半分疑いの気持ちが否めなかったけれど、そういえば天堂が冗談やその場限りの社交辞令を言うところは見たことがない。

「これが契約書な。知り合いの不動産屋に間に入ってくれるよう頼んでおいた。直接はさすがに不安だろ」

「いえ、そんな。天堂さんなら信頼できますし」

「知り合いだからって、なあなあですますのがトラブルの因《もと》だ。こういうのは他人行儀にやるくらいがちょうどいい」

「すみません、気をつけます。それにしてもずいぶん荷物がありますね……」

天堂が乗ってきたのはいつものワゴン車ではなくトラックだった。一緒にやってきた逞《たくま》しい男性たちがあっという間に荷物を運び入れた。

がらんとした元工場の部分に、机や応接セットだけでなく、たくさんの段ボールが積み上がっている。

まるでドラマで見る探偵事務所のようだ。

印刷機のなくなった工場は淋《さみ》しくてあまり足を踏み入れていなかったけれど、またこんなふうに賑《にぎ》やかになる日が来るなんて想像もしていなかった。

（いいよね、じいちゃん）

きっと祖父も喜んでいることだろう。

小雪は運び込まれた家具が気になるようであちこちの匂いを嗅いでいる。天堂のことはまだ警戒しているようだ。自分より強い存在に緊張しているのかもしれない。

「今日、暇なら一緒に病院に見舞いに行かないか？」

「どなたのお見舞いですか？」

「あいつの息子が目を覚ましたみたいなんだ。父親の呪縛が解けたんだろうな」

「本当ですか！　行きます！」

アパートでの記憶を見てしまったせいか、彼のことは気にかかっていた。区役所の職員としても、必要な部署に繋ぐことができるかもしれない。

偲の嬉しい気持ちを察したのか、小雪が尻尾を振りながら足元をぐるぐると回っている。

「そうだ、これ引っ越しの挨拶代わりに」

「何ですか？」

手渡されたのは犬用ジャーキーだった。自分のおやつだと気づいた小雪は天堂に頭を擦《こす》りつけては部屋中を飛び跳ねて喜んでいる。

あっという間に小雪を手懐《てなず》けてしまった天堂に、微《かす》かな嫉妬を覚えてしまう。

「これからよろしくな、大家さん」

「こちらこそ、よろしくお願いします」

差し出された手を握り返す。

天堂の大きな手の平は温かく、頼もしかった。

お便りはこちらまで

〒一〇二―八一七七
富士見L文庫編集部　気付
藤崎 都（様）宛
くにみつ（様）宛

富士見L文庫

公《こう》務《む》員《いん》で安《あん》泰《たい》のはずが、事《じ》故《こ》物《ぶっ》件《けん》担《たん》当《とう》に異《い》動《どう》します

藤《ふじ》崎《さき》 都《みやこ》

2024年10月15日　初版発行

発行者　山下直久
発　行　株式会社 KADOKAWA
〒102-8177　東京都千代田区富士見2-13-3
電話　0570-002-301（ナビダイヤル）

印刷所　株式会社暁印刷
製本所　本間製本株式会社
装丁者　西村弘美

定価はカバーに表示してあります。

◇◇◇

●お問い合わせ
https://www.kadokawa.co.jp/（「お問い合わせ」へお進みください）
※内容によっては、お答えできない場合があります。
※サポートは日本国内のみとさせていただきます。
※ Japanese text only

ISBN 978-4-04-075601-1 C0193